LES MÉMOIRES

D'UNE

CHATTE BLANCHE

Nimes, typ. SOUSTELLE, boulevart St-Antoine, 9.

LES MÉMOIRES
D'UNE CHATTE BLANCHE

Par Mme Amélie QUEYRAT.

> Comment peut-on considérer les animaux sans se plonger dans l'étonnement que fait naître leur mystérieuse existence? Un poète les a nommés les rêves de la nature dont l'homme est le réveil. Dans quel but ont-ils été créés? Que signifient ces regards qui semblent couverts d'un voile obscur, derrière lequel une idée voudrait se faire jour.
>
> Mme DE STAËL.

NIMES
DE L'IMPRIMERIE SOUSTELLE,
BOULEVART SAINT-ANTOINE, 9.

—

1866.

Bah ! les mémoires d'une Chatte blanche ! Allons donc ! Serait-ce par hasard une souris en personne qui aurait eu assez de malice pour les composer ? Erreur !.. Cette engeance grignotante n'a pas beaucoup d'esprit, vous le savez bien. Ces pauvres trotte-menu sont de bonnes petites créatures qui se laissent croquer bel et bien par le premier Rominagrobis qui les rencontre. Une souris, écrire ! une souris, bas-bleu ! Jamais, de mémoire de chat, cela ne s'est vu. Le parti faible, le parti opprimé, le parti que l'on mange, enfin, sera toujours le plus silencieux, c'est dans l'ordre naturel des choses. Un chat, passe encore. Cette espèce fréquente parfois la société, hante les salons, fait belle queue et pattes de velours aux heureux du siècle ; elle se polit au frottement caressant des robes de soie et des mains d'albâtre ; elle s'instruit sournoisement dans les boudoirs parfumés, dans les conversations pétillantes de ses maîtres, voire même derrière les fauteuils de messieurs les Académiciens. Oh ! vous pouvez m'en croire, c'est une famille d'individus qui en sait long et qui, d'habitude, en pense toujours plus qu'elle n'en dit. — C'est, d'ailleurs, la façon d'agir des fourbes, des hypocrites et des lâches. — Ne soyez donc nullement étonné qu'un membre de cette collection intéressante d'êtres à griffes ait eu l'ambition d'écrire ses mémoires. Peut-être penserez-vous que le fait est sans exemple ; c'est vrai, mais que voulez-vous, nous sommes dans le siècle excentrique par excellence; ce mot explique tout. Je vous entends me répondre avec une indignation chaleureuse: quoi, un chat! un animal à quatre pattes ni plus ni moins, qui a l'audace de venir s'assimiler en quelque sorte aux sommités de notre génération littéraire! Quoi! une bête, en un mot, qui a l'outrecuidance de s'emparer d'une plume et de noircir du papier! C'est un trait d'arrogance comme il ne s'en était jamais vu et dont il y a quelque cent ans on aurait fait prompte et sévère justice. Mais, aujourd'hui, miséricorde! tout s'égalise, tout se nivelle, tout s'émancipe et tout veut écrire, même les chats. Enfin, puisqu'il en est ainsi et que le devoir d'un bon citoyen consiste surtout à ne pas enrayer de propos délibéré les progrès de son siècle, je vous demande indulgence et pardon pour ma petite Chatte blanche.

LES MÉMOIRES

D'UNE

CHATTE BLANCHE

I

NAISSANCE DE BLANCHETTE.

Je suis née dans la loge obscure et quelque peu enfumée de Blaise Tourniquet, portier, rue Grenelle-St-Germain à Paris. Pétronille, sa chère moitié, trouva un beau jour, sur son couvre-pieds de cotonnade bleue, ma mère Grisonne entourée de sa multiple famille. — Les nouveaux nés étaient au nombre de huit. — Mme Tourniquet s'exclama aussitôt d'admiration sur une fécondité aussi prodigieuse et se hâta d'appeler Anicette, sa petite fille, afin que celle-ci vînt à son tour contempler Grisonne et ses beaux moutards.

— Oh ! chère maman, comme les enfants de notre Grisonne sont mignons ! s'écria Anicette en faisant un saut de joie.

— Doucement, fit la jeune mère en arrêtant la main de sa fille qui s'emparait déjà d'un petit, nous ne pouvons pas laisser tous ses suceurs affamés à cette pauvre mère, ils l'épuiseraient à la longue et la feraient mourir.

— Oh ! non, non, je ne veux pas que Grisonne meure, dit la petite tout attendrie.

— Je le crois bien, et moi aussi.

— Comment donc allons-nous faire pour éviter un pareil malheur ?

— Rien de plus facile : nous allons choisir le plus joli des enfants de Grisonne et puis.... et puis nous nous déferons de ceux que nous ne voudrons pas garder.

— Mais qui les voudra? dit Anicette.

— Parbleu ! on les jettera à l'eau, répondit le père qui rentrait en ce moment et qui avait entendu la naïve question de l'enfant.

— C'est vraiment dommage ; venez donc voir, cher père, comme ils sont tous gentils ; il y a vraiment plaisir à les voir....Quelles oreilles bien découpées.... quel petit nez rose....quelle queue unie et soyeuse ! Tenez, si vous me disiez d'en choisir un sur les huit, je serais bien embarrassée.—Cependant il est urgent de se décider au plus vite, dit Mme Tourniquet, ton père a raison, c'est comme cela qu'on fait toujours en pareil cas.

— Ah ! maman, une idée !

— Voyons ton idée ?

— Faisons choisir Grisonne.

—Bah ! Grisonne n'est qu'une bête, cela lui est fort égal.

— Je te prie de m'excuser, maman, mais laisse-moi te dire que Grisonne n'est pas si bête qu'elle en a l'air.... elle comprend ma voix,... elle me suit.... elle m'aime enfin. Tiens, tu vas voir.... Grisonne !.... ma petite chérie !... As-tu remarqué avec quels yeux intelligents elle m'a regardée?

—Oui, oui, je sais tout cela, dit Pétronille en caressant la blonde tête de son enfant, mais en attendant il faudra s'exécuter tôt ou tard ; mieux vaut tout de suite. Allons, fais-la choisir si tu peux.

— Grisonne, dit Anicette en approchant son visage du joli museau de sa favorite, vous ne pouvez pas donner du lait à tous vos nombreux enfants, cela vous rendrait malade, vous le pensez bien ; et puis quand on est malade on est bien près de mourir, ce qui serait fort désagréable, entendez-vous ?.... Car je suppose que vous ne voulez pas encore nous quitter, n'est-ce pas, mignonne? La bouillie de la bonne Pétronille Tourniquet que voilà, est trop savoureuse pour en finir si vite avec elle. Ainsi, ma mie, il faut être raisonnable et vous séparer sans trop de chagrin du superflu de votre famille. Vous n'en garderez donc qu'un seul qui sera notre poupon chéri. Allons, Grisonne, choisissez.

Hélas ! la chère petite Anicette avait parfaitement compris que ma mère n'était pas sortie d'une race de chats ordinaires et si la pauvre enfant avait pu voir l'angoisse qui étreignait son cœur maternel en entendant ces sinistres paroles, elle aurait bien vite laissé à Grisonne sa nombreuse progéniture. Mais il est au nombre des choses connues que les chats ne possèdent pas le talent de la parole, pas même les chattes, ce qui semble fort extraordinaire. Nous ne possédons que des griffes aiguës (n'y a-t-il que nous qui en ayons ?) pour écrire notre courroux sur quelque papier que ce soit, serait-ce au besoin sur la peau humaine. Donc ma mère jeta un regard d'amour et de regret sur ses enfants que la destinée cruelle lui ordonnait de sacrifier, et me choisit entre tous en me léchant délicatement les oreilles. Elle m'a dit plus tard que c'étaient ma gentillesse et mon petit museau fripon qui l'avaient décidée en ma faveur.

—Voilà qui est bien, dit Anicette en me caressant tendrement, nous garderons cette petite minette blanche qui est un véritable amour de chat. Quant aux autres, maman, papa peut les prendre et les emporter... Ils sont bien jolis pourtant. Enfin, basta ! je ne veux plus les voir... Blanchette est la fille préférée de Grisonne, elle sera la nôtre.

Pétronille prit alors dans son tablier le reste de ma triste famille, tous ces infortunés bousculés un peu rudement miaulaient à fendre le cœur. Mais madame Tourniquet était aguerrie contre ce qu'elle appelait la sensiblerie de sa fille, et elle alla sans plus de façon jeter mes frères et sœurs dans un égout voisin. O turpitude humaine !... Pauvres et innocentes victimes, qui venaient à peine de naître ! Quels crimes affreux avaient-ils donc commis pour les priver ainsi de la lumière du jour, à laquelle ils avaient autant de droit que la multitude innombrable de bêtes qui couvrent la surface du globe terrestre ? Aussi, foi de chatte blanche ! je vous jure que lorsqu'il m'est arrivé, dans mes promenades solitaires, de passer devant ce lugubre égout qui aurait pu être mon tombeau comme il l'a été de ceux de ma race, je me suis arrêtée tristement sur ses bords fangeux et relevant ma patte demi-salie, j'ai pleuré amèrement sur le funeste sort de mes frères...

II

— QUI APPREND QUE LE PORTIER TOURNIQUET AVAIT ÉTÉ SOLDAT.

Le portier Tourniquet était un cordonnier en vieux, très-consciencieux de sa nature, aussi toute la gent domestique des alentours lui avait-elle donné sa confiance. Le mari de Pétronille était grand, maigre et tellement fluet que sa tête, qui était de la plus petite dimension connue, ressemblait littéralement à une pomme plantée au bout d'une perche. Mais je vous avertis que ce n'était pas une pomme d'api, car il avait le teint plus jaune qu'un parchemin de cent ans.

Tourniquet avait passé la grande partie de sa vie sous la discipline militaire et il avait été le remplaçant, dans cette rude tâche, de plusieurs jeunes gens de grandes familles, notamment du propriétaire actuel de la maison dont il était portier. Or, ce brave homme avait contracté dans le métier de soldat une habitude d'ordre invétérée et de subordination continuelle dont il ne se départait jamais. Il était le très-humble serviteur de madame Tourniquet de mademoiselle Anicette et si Grisonne avait pu lui intimer quelque commandement, il est à présumer qu'il lui aurait obéi, tant sa docilité était extrême. Mais heureusement pour la tranquillité de Tourniquet que ma mère était humble et modeste en ses désirs et que, sa dernière bribe de bouillie avalée, son plus grand bonheur était de s'endormir paisiblement dans le crin débraillé d'un ancien fauteuil de velours d'Utrecht, roulé dans un coin à son intention. Si vous aviez vu alors Grisonne, la tête tout-à-fait dissimulée entre ses pattes, vous auriez cru, au premier coup-d'œil, il y en avait même qui s'y trompaient, que c'était un magnifique manchon que la belle dame du premier avait oublié dans la loge.

Cependant, nous l'avons déjà pressenti, il y avait un point capital sur lequel le placide Tourniquet devenait tout-à-coup inexorable, c'était lorsque quelque chose de sale ou de dérangé choquait le regard dans son petit domicile. Oh ! alors, il était de fait que tout le sang de son grand corps affluait subitement vers la tête, et comme cette liqueur vitale avait acquis chez lui une riche couleur d'un jaune d'ocre, cela était cause que le cher Tourniquet devenait aussitôt livide et véritablement peu agréable à voir. On eût dit un mort de trois jours. Mais il est nécessaire d'avouer, à la louange de Pétronille, que ce revirement d'humeur conjugale ne survenait quetrès-rarément dans son paisible ménage, qu'elle avait soin d'entretenir dans un état de propreté irréprochable. Il arrivait même que, pour complaire à son mari, la chère femme s'évertuait à donner à son intérieur un certain air de confort et d'élégance.

Le jour de ma naissance, qui avait été salué avec tant de joie naïve par la bonne petite Anicette, laquelle m'avait dès ce moment adopté pour sa fille au lieu et place de sa belle poupée Roxelane, ce jour-là, dis-je, M. Tourniquet était fort inquiet à cause de la mauvaise santé de Pétronille. La mère d'Anicette souffrait étrangement de la poitrine depuis quelque temps, et elle toussait parfois de manière à se déchirer les poumons. A cette époque on croyait encore aux *rebouteux*, à Paris, et on en avait indiqué un à maître Tourniquet qui devait guérir radicalement sa femme; il habitait Neuilly. L'époux de Pétronille partit donc résolument un beau matin pour aller consulter cet individu. Celui-ci ayant écouté d'un air fort sérieux les détails des souffrances de la malade, donna à son client une ample provision d'une herbe, selon lui fort difficile à trouver et partant fort coûteuse, et après avoir fait sur le fagot certain signe mystérieux, il l'assura qu'une infusion de cette plante, prise soir et matin, guérirait infailliblement la pauvre Pétronille.

Tourniquet arriva chez lui harrassé de fatigue, mais heureux d'apporter à sa femme le paquet miraculeux ; il le déposa gravement sur la table de chêne, jeta un regard de satisfaction autour de lui pour s'assurer que tout était en place et dit à la chère poitrinaire :

— Enfin, tu ne souffriras plus, je l'espère... Regarde, tout cela me coûte vingt francs.

— C'est bien cher, mon ami... Avec la moitié de cet argent nous aurions eu une robe pour Anicette qui en a grand besoin.

— Oui, mais tu souffres, ma bonne femme.

— Pas beaucoup, je t'assure, depuis quelque temps... Il y a même des jours où je n'éprouve aucune douleur, si ce n'est une extrême faiblesse.

— C'est cela..., c'est cela, dit mentalement l'excellent homme en se détournant pour cacher ses larmes, le docteur Séringat me l'avait prédit.

— Papa, dit alors Anicette qui ne soupçonnait pas encore l'affreux malheur dont elle était menacée, papa, regarde donc la petite fille de Grisonne, comme elle est gentille.

— Elle me tenait délicatement dans ses mains mignonnes qui me paraissaient aussi douces que le sein de ma mère.

Le père Tourniquet s'essuya les yeux et se pencha vers moi avec une bonté toute paternelle. Il daigna même joindre son admiration à celle de sa fille et sans trop savoir ce qu'il disait à cause de son émotion, il assura qu'il me trouvait ravissante. Jugez de mon orgueil de chat ! Comme jamais pareille chose ne m'était arrivée, ma mère en eut presque une pâmoison.

III

COMME QUOI ON PEUT MOURIR, MALGRÉ LES *rebouteux*.

Cependant le remède du paysan de Neuilly, qui, selon sa parole, devait faire merveille pour la guérison de Pétronille, contribua au contraire à la rendre plus malade encore; et la pauvre femme ne tarda pas à s'aliter, au grand désespoir du malheureux Tourniquet qui s'accusait intérieurement de sa mort. Il déplorait amèrement, mais trop tard, hélas! la foi aveugle qu'il avait eue en de folles et dérisoires superstitions. Anicette se montra, dans cette pénible circonstance, sous un jour tout nouveau; l'enfant joueuse et folâtre devint tout-à-coup paisible et mesurée; elle soigna sa mère avec un zèle et un amour filial qui auraient mérité d'être couronnés d'un plus heureux résultat. Mais la dernière heure de Pétronille avait sonné; après avoir reçu avec piété et reconnaissance toutes les consolations dernières, elle s'endormit un jour paisiblement sur le bras de Tourniquet, qui resta fort longtemps immobile de crainte d'interrompre son sommeil. Vaine précaution: Anicette n'avait plus de mère!

Les chats ne sont pas pathétiques, vous le savez; ainsi je n'essaierai même pas de vous raconter la désolation profonde de l'inconsolable époux de Pétronille et celle de sa jeune enfant. Je me bornerai à vous dire qu'ils furent pendant quelques semaines littéralement plongés dans la plus amère des afflictions. Mais le sage l'a dit, il y a des siècles: Tout passe sur cette terre, même la plus vraie et la plus légitime douleur! Tourniquet et sa fille en firent la triste expérience et finirent par se consoler quelque peu de la perte irréparable qu'ils avaient faite. Anicette devenait de jour en jour une petite femme de ménage accomplie et faisait parfaitement l'ouvrage de la maison en se rappelant l'exemple et les leçons de sa mère. Tourniquet continuait, comme par le passé , à raccommoder le mieux possible les vieilles chaussures du quartier, en soupirant de temps en temps au souvenir de la chère défunte. Quant à moi, j'étais toujours le bijou d'Anicette et la fille dorlotée et chérie de Grisonne : rien ne manquait à mon bonheur.

Heureux temps de l'enfance, trop tôt passé, où des parents bien aimés vous entourent continuellement de soins assidus et d'attentions délicates , que vous êtes court ! Je commençais à grandir et à me fortifier ; lorsque ma mère donna le jour de nouveau à une multitude d'autres enfants. Le plus gentil lui fut seul laissé par Anicette , comme on avait fait pour moi, dans le temps. Ce méchant frère, qu'on appela Noirot à cause de sa couleur d'ébène, me supplanta auprès de toutes les personnes de la loge , voire même auprès de ma mère. Ce changement inespéré dans mon sort qui avait été jusque là si digne d'envie aigrit peu à peu mon excellent caractère et me révéla la jalousie. Dès ce moment néfaste , je m'aperçus avec une joyeuse surprise que la nature m'avait amplement fournie de griffes aiguës dont il était très-facile de se servir.

Il est des naturels que rien ne saurait vaincre, a dit un poète persan.

Le mien était de cette espèce. Donc , je fis le premier essai de mes armes meurtrières sur mon jeune frère. Mais Grisonne m'en punit aussitôt par un si vigoureux coup de patte que je me promis bien de n'y plus revenir. Le second (oserais-je l'avouer ?) fut sur la peau fine, blanche et rosée de ma bienfaitrice; oui , je déchirai cruellement cette main bienveillante qui m'avait prodigué tant de fois les plus tendres et les plus affectueuses caresses. A cette vue le père Tourniquet, transporté d'indignation, me prit par la peau du cou et allait me précipiter , sans merci , dans le foyer du poêle qui était dans ce moment à son apogée d'incandescence... Une minute de plus , c'en était fait de moi... Adieu , Blanchette et ses mémoires !... Adieu les aventures de sa vie turbulente et agitée !...

Mais la main ensanglantée d'Anicette l'arrêta fort heureusement dans cet acte de justice , et la pauvre enfant, de sa voix douce et suppliante, demanda grâce à son père pour moi. Il est vrai de dire aussi qu'elle eut quelque peine à l'obtenir, mais elle y parvint : Tourniquet aimait tant sa fille qu'il n'avait jamais rien à lui refuser. Cependant cette capitulation ne fut conclue qu'à une condition expresse, et cette condition, Anicette l'accorda sans trop sourciller, à mon grand étonnement. Le père Tourniquet me laissait la vie sauve, mais il fallait que quelqu'un de la maison se chargeât de moi immédiatement. Cela fait, je ne devais plus remettre le pied, je veux dire la patte dans la loge. Je restai foudroyée en entendant formuler sur ma tête un arrêt si impitoyable ; et folle de douleur, je me hâtai d'aller cacher ma honte sous le vieux bahut du père Tourniquet ; je ne consentis à en déguerpir que lorsque celui-ci, m'empoignant vigoureusement par la queue me força à quitter encore ce dernier asile.

Maintenant à qui me donnerait-on ? A qui allait-on confier le soin de ma malheureuse existence ? J'étais sur ce point dans une anxiété impossible à décrire, et Anicette partageait cordialement mon inquiétude, car oubliant la traîtrise dont elle avait été l'objet de ma part, elle me regardait tristement en murmurant : — Pauvre, pauvre Blanchette !

Je me serais laissée attendrir indubitablement par cette touchante marque d'intérêt, si mademoiselle Tourniquet n'eût pas tenu en ce moment dans ses bras le petit Noirot mon frère, qui était la cause première de tous mes malheurs. Mais cette vue douloureuse rafraîchit aussitôt toutes mes plaies et redoubla tellement ma jalouse fureur que bien, loin de répondre par mon *ron ron* ordinaire à cette marque non équivoque de sympathie, j'articulai un *foutt* si horrible qu'Anicette épouvantée recula de trois pas et dit, en branlant la tête avec un découragement complet :

— Hélas ! c'est bien fini... Blanchette que nous aimions tant est désormais incorrigible...

Oh ! maudite jalousie !...

IV

OU L'ON VOIT QUE LES PETITES CAUSES PEUVENT PRODUIRE DE GRANDS EFFETS.

Il y avait, dans l'une des mansardes de la maison où Tourniquet était portier, une très-vieille femme, à l'aspect sordide et dégoûtant, que l'on appelait Mme Gargamêche ; c'était elle qu'Anicette avait choisie pour en faire ma nouvelle maîtresse. Or, la raison de cette destination peu flatteuse, il est vrai, pour moi, était encore une preuve de la continuelle bonté de cœur de la fille de Tourniquet. Mme Gargamêche, qui cumulait depuis de longues années les métiers peu lucratifs de loquetière et de marchande d'os, s'était plaint souvent, en passant devant la loge du portier, de plusieurs invasions nocturnes de rats insolents et de souris indiscrètes, lesquels coalisés ensemble avaient tenté maintes fois de prendre sa mansarde d'assaut. Il était arrivé très-souvent que l'horrible vieille avait demandé instamment à la jeune fille un de ses chats, avec la promesse solennelle de le soigner comme un prince ; cependant la bonne Anicette, malgré l'extrême envie qu'elle éprouvait d'obliger son prochain, avait toujours reculé devant la douloureuse nécessité de se séparer de moi. Mais à présent les temps étaient changés et, forcée de me chasser d'auprès d'elle, ce fut à la loquetière qu'Anicette prit la résolution de me donner. C'était beaucoup plus que je n'en méritais et cependant je la trouvais bien cruelle de disposer ainsi de mon sort. Donc un soir où la Gargamêche rentrait gaîment, chargée de sa hotte remplie de vieilles hardes amoncelées l'une sur l'autre, Anicette lui demanda obligeamment si les souris et les rats continuaient toujours à lui faire une guerre aussi acharnée.

— Ah ! mon doux bon Dieu, mam'zelle ! s'écria la vieille femme, mon pauvre logis en est plein ; je crois même que j'en ai dans mes poches....

— Eh bien ! puisqu'il en est ainsi, voulez-vous accepter un de mes chats ?

La voix de la jeune fille trembla légèrement en prononçant ces paroles. Je lui sus quelque gré de cette émotion qui me prouvait que le passé n'était pas tout-à-fait oublié par elle, mais je persistai cependant à faire parade de la plus complète indifférence.

— Un de vos chats ! dit la loquetière véritablement transportée de joie, quelle heureuse nouvelle vous m'annoncez-là, mam'zelle !..... Ah ! l'agréable parole !... C'est un peu quelque chose comme la vie que vous allez me rendre, car ces horribles bêtes menacent de me dévorer tous les jours... ou plutôt toutes les nuits.

— Bon ! cela ne vous arrivera plus, ma bonne dame, puisque je vous donnerai un chat...

— Quand donc cela, s'il vous plaît ?

— A présent même... tenez, prenez, Blanchette....

— Comment. cette jolie petite bête, si proprette, si luisante ? Ah ! quelle joie, miséricordieux Seigneur ! Ainsi vous dites que je puis la prendre ?

— Oui, oui..., si vous le pouvez, du moins.... Il se peut fort bien que Blanchette, ne vous connaissant pas, ne veuille vous égratigner.... Elle est devenue méchante, Blanchette, depuis quelques jours....

C'était jalouse qu'il fallait dire.

— Bah ! dit la Gargamêche, j'ai la peau dure comme un vieux chien, si elle me grafigne, je vous assure que cela n'y paraîtra pas.

En disant ces mots, la vieille femme s'approcha triomphalement de moi, mais Anicette s'était trompée en croyant que je témoignerais de la répugnance pour ma nouvelle condition. Tout au contraire, je me laissai docilement saisir par la main osseuse et sale de la loquetière. En vérité, je préférais aller avec elle que d'assister humblement et passivement au triomphe de mon rival.

— Qu'elle est donc grassotte, dites donc, vot'Blanchette. Quel bon plat savoureux elle ferait à la sauce au mannequin ! oh ! la ! la !...

— Comment, s'écria Anicette tout effrayée, vous penseriez déjà à manger cette pauvre Blanchette ?

— Moi? Dieu m'en garde, mam'zelle! manger mon chasse-rat? Allons donc, la Gargamêche n'est pas si bête que ça, peut-être! C'était tant seulement une toute petite façon de parler pour dire qu'elle est tout-à-fait rondelette et bien à point.

— Ah! tant mieux, vous m'avez fait grand'peur, ma parole!... C'est vrai, allez, qu'elle est bien belle, Blanchette... Mais aussi j'en avais un soin tout particulier: par exemple, elle avait sa soupe tous les matins.

— Que'bonne chose! eh bien, je ferons cela tout de même, rien que pour vous faire plaisir, mam'zelle.

— Je ne vous croyais pas aussi complaisante, madame Gargamêche. Que je suis donc contente alors de vous confier Blanchette!... Ah! que je vous dise ceci encore... Je vous avertis d'avance que je viendrai de temps en temps voir comment elle se porte. Cela vous déplaira-t-il?

— Est-ce que je suis une iroquoise pour me faire une semblable question? dit la loquetière d'un air offensé, venez souvent, ma chère; venez tous les jours, si vous le voulez, car, voyez-vous, votre charmante présence me causera toujours un extrême contentement.

— Grand merci, madame Gargamêche.

V

QUI NOUS MONTRERA UNE FEMME QUI NE SAIT PAS LE LATIN, MAIS QUI FERA PAUVRE FIN.

La famille de la loquetière se composait de son mari. qui était fort laid et de fort mauvaise mine, et de ses deux fils qui ne valaient guères mieux. Quant à ce qui concernait leurs occupations particulières, ils sortaient de grand matin et rentraient fort tard; quelquefois même il arrivait qu'ils ne rentraient pas du tout. On ignorait complétement dans la maison l'état qu'ils pouvaient exercer et, bien loin de chercher à suspecter leur conduite, on les prenait tout bonnement pour des gobe-mouches qui avaient l'habitude, blâmable sans doute, d'aller bayer aux corneilles où bon leur semblait, pendant que la malheureuse loquetière parcourait les rues de Paris, pour explorer les égouts. Cette opinion plus ou moins vraie, qu'on avait établie peu à peu sur certains indices habiles et menteurs, s'était accréditée, je ne sais comment, depuis la loge du portier Tourniquet jusqu'aux diverses antichambres de la maison. Cette croyance, peut-être fausse ou tout au moins fort erronée, avait valu à la révérende mère Gargamêche une renommée quelque peu flatteuse de pieuse résignation, un certain air béat de victime sacrifiée que celle-ci portait à merveille. Aussi ne manquait-elle jamais de réciter à haute voix le *Pater* lorsqu'elle montait ou descendait l'escalier, ou bien de s'écrier dévotement à tout bout de champ : Jésus, mon doux bon Dieu !

Il fallait, hélas ! l'ascension d'une chatte blanche dans le galetas mystérieux pour dévoiler au grand jour de la publicité les turpitudes épouvantables qui s'y cachaient.

Donc Mme Gargamêche et moi, l'une portant l'autre, nous gravissions avec un calme calculé les marches du haut escalier, lorsque nous entendîmes les pas de quelqu'un qui descendait lestement l'étage supérieur : ma nouvelle maîtresse commença aussitôt en un *crescendo* fortement accentué sa prière habituelle.

—*Pater oster, luis célisse, ocrificetur omé tuos, arveniate....*

— Ah ! c'est donc vous, mère Gargamêche, dit une voix fraîche et gracieuse.

C'était la femme de chambre du premier.

—Que le bon Dieu vous donne le saint bonsoir, mam'zelle Charlotte ! *Ave aria ratia plinas orminus tecos....*

— Vous faites donc toujours vot'prière ?

—Ah! dam! voyez-vous, mam'zelle Charlotte, not'curé de la paroisse dit comm'çà qu'il faut prier jour et nuit.

— Oh ! jour et nuit, c'est par trop fort, mère Gargamêche ! mais là, bien sûr, est-ce que m'sieu le curé aurait dit ça ?

— Bien sûr que oui, ma chère, mais j'y songe, comment donc qu'on se porte chez vous ?

— On s'y désole.... ne m'en parlez pas..... depuis hier surtout ce sont des sanglots et des gémissements à n'en plus finir, tant que le corps de mam'zelle Dolorès n'a pas été enlevé cela a été passable, mais depuis.... Enfin, que voulez-vous, c'est un bien grand malheur pour des parents.

— Bien grand, en effet, répondit la chiffonnière, en quittant la loquace femme de chambre, *réqué me ternas doréis orminé, élusse perpétuasse.....* continua-t-elle dévotement.

Nous arrivâmes enfin devant la porte du taudis de la Gargamêche ; la porte était très-solide... et la serrure à secret : j'étais toute yeux et toute oreilles. Le désordre le plus complet et le plus dégoûtant régnait partout dans cet intérieur nauséabond. La vieille me déposa assez doucement sur un tas de chiffons, parmi lesquels je m'étendis avec délices en attendant patiemment la bouillie de mon souper. Puis, elle se débarrassa de sa hotte qu'elle rangea soigneusement dans un coin, vida son panier d'ossements et alluma son fourneau, dont le joli pétillement qui était pareil à un feu d'artifice en miniature annonça bientôt la parfaite incandescence. Un poêlon chargé de viande y fut placé aussitôt avec plus de promptitude et de dextérité qu'on n'aurait pu en attendre de la vieille chiffonnière qui semblait se transformer, et bientôt un rissolement suave ne tarda pas à embaumer les alentours et à caresser de la manière la plus délicieuse mon subtil odorat de chat.

Dans ce moment, la porte s'ouvrit avec fracas et le père Gargamêche parut sur le seuil, suivi de ses deux fils. L'aîné, bossu et boiteux en même temps, était en outre porteur de la figure la plus patibulaire que l'on puisse voir : il se nommait Canillon ; tandis que le dernier, qui était également borgne et manchot, répondait à l'appellation singulière d'Aigre-Museau. Au reste, je n'ai jamais vu de sobriquet mieux appliqué. C'étaient vraiment deux types épouvantables, sur la face horrible desquels on lisait tout ce que les passions mauvaises ont de plus effrayant et de plus hideux.

Quant au père, je remarquai sur ses traits abattus et flétris une certaine expression de bonhomie et d'esprit de famille à demi-effacée, mais visible encore à l'œil d'une observatrice exercée comme je l'étais déjà, quoique bien jeune encore. Cet homme-là était même triste et on voyait dans ses yeux une sorte d'effarement de sinistre augure. Tout cela m'occupait à tel point que j'en oubliais le boire et le manger. Ensuite je me demandais anxieusement par quel assemblage de circonstances fortuites et malheureuses, un tel ramassis fatal d'infirmités différentes avait pu fondre en même temps sur cette famille infortunée. Mais il me paraît que je n'étais pas encore à bout de surprise, car après avoir vu le vieux Gargamêche fermer soigneusement la porte de la mansarde à double tour et en dissimuler avec du gros chanvre les plus petites fissures, je m'aperçus qu'Aigre-Museau quittait avec le plus grand sérieux du monde la bosse énorme qui déformait sa taille. En moins d'une minute il ne fut plus reconnaissable. J'allais pousser un miaulement de surprise, mais j'eus la rare prudence de me retenir; bien m'en prit d'agir aussi sagement. Canillon s'approcha également du grabat où son frère venait de déposer son infirmité apparente et y jeta pareillement le bandeau noir qui lui couvrait l'œil, tandis que son bras enseveli sous un étroit sarrau sortait victorieusement de sa longue prison. Ils se mirent à table en silence après ces diverses transformations et parurent n'accorder qu'une médiocre attention au plat appétissant que la vieille mère venait de placer devant eux avec une certaine solennité.

— Eh bien! voyons un peu, commença la Gargamêche, impatientée de leur mutisme obstiné, parlerez-vous, enfin?

— Le père est tout je ne sais quoi..., fit Canillon avec un mauvais sourire.

— Qu'as-tu donc, père Lenflé? dit la chiffonnière en tapotant amicalement l'épaule de son mari.

— Fichu métier! murmura le vieux en rejetant dans son assiette le morceau de viande qu'il pressait déjà sous sa dent, il y a des jours où j'aimerais mieux être encore là-bas, ma parole!...

— Pensez-vous là, bien sincèrement, ce que vous venez de dire, mon père? demanda Aigre-Museau en riant.

— Vrai, comme nous avons cassé le nez à cette pauvre babiche qui revenait de l'autre monde..., grommela Gargamêche d'une voix émue.

— Chut! dit Canillon, vous parlez trop haut à cet'heure.

— Pouah! fit la vieille qui se détournait avec répugnance de son mari en haussant les épaules, enfants, votre père est une poule mouillée.

— Ah! femme, si tu savais tout!

— Mange d'abord, gros bêta, et puis tu me diras le reste.

— Ne dirait-on pas que le père en est à son apprentissage, ricana Aigre-Museau.

— Eh, parbleu! non, ce n'est pas mon apprentissage, dit l'ex-galérien, mais vous savez bien que j'avais renoncé à tout cela...

— Une toute petite fois, n'est pas coutume, observa gravement Canillon.

— Encore vaut-il mieux, à mon avis, dévaliser les morts que d'assassiner les vivants comme avant.., ajouta le fils aîné.

— Mais quand il se trouve que ces morts sont bien vivants... c'est pourtant terrible rien que d'y songer!

— Oh! pour ça je m'en lave les mains, reprit Canillon en riant de nouveau, quand les morts ne sont pas morts, que viennent-ils donc faire dans le cimetière, je vous le demande?

— Allons, voyons, troupe d'étourneaux coiffés! soupez donc et puis vous me raconterez vos aventures, dit la vieille en se levant de table.

Elle se dirigea vivement vers une petite armoire qui faisait encoignure, en retira avec précaution un coffret en bois parfumé, dont l'élégance formait un contraste frappant avec l'entourage sale et dégoûtant au milieu duquel il se trouvait ; la Gargamêche revint s'asseoir auprès de sa petite société et procéda aussitôt à son ouverture.

— Qu'y mettons-nous ce soir ? demanda la loquetière en parcourant d'un regard interrogateur tous les visages qui l'entouraient.

— Tiens , dit Canillon , en tirant de la poche de sa veste une dentelle magnifique à laquelle on voyait plusieurs accrocs, elle est déchirée... Mais que veux-tu, la lutte a été longue et désespérée... Ah ! ah ! ah ! je pourrai me vanter désormais d'avoir lutté avec un mort, je veux dire avec une morte.

— Qu'il me tarde donc d'apprendre tout cela.

— Tu en auras de belles à entendre, va, reprit Gargamêche en soupirant.

— Le père me fait peur avec ses pressentiments , dit Aigre-Museau qui frissonnait malgré lui.

— C'est une buse... Mais voyez donc , les enfants , comme nous sommes déjà riches , continua la vieille loquetière en retirant de l'intérieur de la boîte une belle dentelle de Malines qu'elle étala complaisamment devant elle.

— Elle était à mademoiselle de Saint-Priest , dit Canillon.

— Celle-là était bien morte , au moins , grogna sourdement le vieux Gargamêche.

— Voici un point d'Angleterre d'une richesse incontestable, reprit la loquetière sans paraître avoir fait la moindre attention à la remarque singulière de son mari, toute sale et toute rousse qu'elle paraisse, cette dentelle vaut de l'argent... Passons à une autre... Et ce point d'Alençon, qu'en dites-vous, hein ?

Il vaudrait cent fois mieux de l'argent que tout cela, ma mère , dit Aigre-Museau , l'argent n'a pas de marque , tandis que ces chiffons , s'il venaient à être découverts , seraient un indice certain de notre secrète industrie.

— Eh ! bien, c'est bon , on les vendra, répondit docilement madame Gargamêche.

— D'autant que tu n'en auras plus de fort longtemps ,
dit Canillon.

— Pourquoi donc ça ?

— A cause de ce fâcheux accident de ce soir.

— Enfin, me le raconterez-vous, une bonne fois ?

— Narre cela , Aigre-Museau.

— Conte-le toi-même... moi je mange , et quand je me
nourris, je n'aime pas à raconter .. des histoires, surtout
comme celle-là.

Bon , m'y voilà , pour lors, dit Canillon , le concierge
du cimetière nous fait entrer comme de coutume et nous
a conduits aux nouvelles fosses... Cric , crac, nous les
avons ouvertes... Il y en avait une , la dernière , qui , je
crois... dans la dernière , il y avait une jeune fille qui...
qui...

— Eh bien ! fit la mère extrêmement intriguée.

— Qui n'était pas morte...., acheva froidement Aigre-
Museau.

— Ah ! fichtre ! et comment donc avez-vous fait ?

— Nous l'avons achevée, dit Canillon entre deux
bouchées.

— J'en ai eu bien peur, toujours..., ajouta Aigre-Museau
en regardant son père à la dérobée.

— Si vous l'avez achevée , c'était justice , répliqua la
Gargamêche en buvant un coup , au cimetière tout le
monde doit être mort , sous peine d'une exécution immé-
diate... Ah ! ah ! ah !

Le rire de la vieille édentée était affreux à voir.

— Comment donc avez-vous fait pour la tuer ? reprit-
elle après un court moment de réflexion.

— A coups de poing donc, répondit Aigre-Museau ,
c'est une opération facile , peu bruyante et presque
toujours sûre... Tiens , tiens, tiens , voilà le père
qui sort de table... on dirait qu'il se trouve mal.

— Votre père est un *asinus*... Finissez-moi donc cela,
c'est si drôle !

— Donc , voilà... C'était une jeune fille , de quinze à
seize ans , tout au plus, qui était fraîchement ensevelie.
Elle était morte d'un mal subit , d'une sorte d'étrangle-

ment, quoi?... Voilà-t-il pas qu'on lui avait laissé une bague précieuse toute reluisante de perles fines... Mon père essaie d'abord de la lui enlever tout doucettement, Canillon après, moi ensuite... pas possible de réussir dans notre affaire. Alors... alors...

— Pas tant de bêtises, dit Canillon en riant, tu peux bien le dire puisque c'est toi qui l'a proposé.

— Proposé et exécuté, acheva Aigre-Museau en relevant la tête avec une fierté digne d'un cannibale.

— Enfin, me direz-vous ce que c'est? dit la loquetière.

— Après ça, ce n'est rien de rien, répondit le fils cadet de Gargamêche, seulement lorsque je me suis bien assuré qu'il n'y avait pas d'autres moyens d'empoigner la bague, j'ai proposé aux assistants de couper le doigt... Le grand malheur, à une morte!...

— Tiens, ç'aurait été mon idée aussi, fit la vieille en arrangeant tranquillement les barbes de sa coiffe.

— Oui, mais pour notre malheur, cela s'est compliqué d'une manière affreuse... soupira Gargamêche.

— Fallait être sorcier pour le deviner... et encore!... Ainsi, figurez-vous, ma mère, que dès que mon couteau a commencé de pénétrer dans la chair délicate de cette petite mijaurée, qu'elle s'est mise à crier, mais à crier de toutes ses forces... Oh! c'est ben drôle, tout de même, de voir crier un trépassé... Je n'avais entendu de pareils cris qu'à des vivants et à l'époque où mon père... mais, chut! faut pas réveiller le chien quand il dort.

— Et puis?... demanda encore la chiffonnière en s'accoudant attentivement sur la table pour mieux entendre.

— Ah! nous voici au plus difficile de l'histoire, dit Aigre-Museau en se réconfortant d'un grand verre de vin, mais comme nous ne nous doutions pas du tout de la déplorable mésaventure qui allait nous arriver, aucun de nous n'avait pensé à bâillonner la morte... Les cris perçants qu'elle a poussés ont été entendus dans le voisinage, car au moment où nous nous sauvions à grand' peine par les murailles, la garde est arrivée.

— Ah! quel danger! vous m'en faites frémir! et la bague?

— La voici, dit Aigre-Museau en tirant de sa poche un linge ensanglanté, elle tient encore au doigt de la morte.

— Qué chose ! mais c'est un véritable doigt d'enfant... c'est dommage, et vous l'avez bien tuée, au moins, cette fois ?

— Je crois que nous l'avons bien assommée avant de fuir.

— A-t-elle résisté ?

— Pas plus qu'un petit agneau ; j'ai comme une idée que c'est la jeune demoiselle du premier.

— Malédiction ! Avez-vous vu si quelqu'un vous suivait ?

— Bernicle ! il n'y avait pas le moindre risque, car une fois hors du cimetière, nous avons hardiment demandé l'aumône à ceux-mêmes qui nous cherchaient.

— Brigands que vous êtes !... Mais le concierge qu'en avez-vous fait ? Ne vous dénoncera-t-il pas pour se tirer d'affaire, car il va être terriblement compromis ?

— Zute ! nous lui avons coupé la langue, *razibus*.

— Comment donc ?

— Mort... par... nos mains... chantonna lugubrement Aigre-Museau en se caressant la moustache avec une satisfaction visible.

Malheureusement, dans un mouvement de reculade, il me marcha lourdement sur la queue ; je répondis aussitôt à cette brutalité maladroite par un gémissement plaintif qui fit tressaillir la mère Gargamêche.

— Canaille de chat ! s'écria-t-elle en me donnant un vigoureux coup de pied dont je me suis ressentie toute ma vie, quelle horrible peur il vient de me faire !

— Ta, ta, ta, est ce qu'on a des frayeurs comme ça ? fit Canillon en me caressant pour m'apaiser, qui est-ce qui vous a donné cette jolie minette, ma mère ?

— C'est la fille à Tourniquet qui m'en a fait cadeau... Je lui avais tant répété que nous étions cousus de rats que la glue a été bonne... Quel excellent civet elle va nous faire, dites-donc ?

— C'est, parbleu, vrai !... Mais il faut la manger au plus vite, sans cela elle va se maigrir.

—Tu as raison, faudra la croquer demain. En attendant fais-lui manger pour sa soupe le doigt de la morte. Ah! ah! ah!

Aigre-Museau partagea l'horrible hilarité de son digne frère et me présenta aussitôt le doigt accusateur que je saisis entre mes griffes avec un empressement qui aurait dû leur donner des soupçons.

— Quel appétit furibond ! dit le meurtrier en se jetant en arrière.

A peine achevait-il ces mots, qu'une main douce et légère frappa quelques coups discrets à la porte de la mansarde.

VI

DÉCOUVERTE D'UN POT AUX ROSES.

Qui va là ? demanda sur-le-champ la loquetière avec un effroi sans pareil.

— C'est moi, madame Gargamêche, répondit une voix du timbre le plus frais et le plus gracieux.

— Ah ! c'est vous, mam'zelle Tourniquet ?... Je suis ben fâchée... mes enfants et mon mari font leur toilette de nuit, et moi j'entre dans mon lit. Bon soir. *Pater oster lués...*

— Mon intention n'était pas du tout de vous déranger le moins du monde, interrompit Anicette qui par instinct ne croyait pas un mot de ce que la Gargamêche venait de lui dire, je voulais seulement donner un peu de bouillie à Blanchette qui doit avoir grand'faim ce soir.

— Merci bien pour elle, mam'zelle ! elle a soupé comme un petit ogre, cette chère bête ! Et maintenant elle ronfle comme un petit loup... *Ave aria ratias plenas...*

—En ce cas-là je m'en retourne..., reprit la jeune fille d'une voix pleine de regrets.

— Vous le pouvez, mam'zelle.

Mais tout-à-coup un miaulement formidable épouvanta subitement tous les assistants qui se levèrent en tumulte, car des pattes, des dents et des griffes, je menaçais furieusement toutes les jambes qui se trouvaient à ma portée.

— Ah ! ma pauvre Blanchette , que lui faites-vous donc ? s'écria mademoiselle Tourniquet avec un désespoir sans égal , vous la massacrez peut-être... ouvrez , mais ouvrez donc , ou j'appelle mon père. Je veux voir Blanchette ! rendez-moi Blanchette !

Alors la loquetière , perdant tout-à-coup de son assurance, courut à la porte , l'ouvrit précipitamment comme une personne pressée d'en finir , tandis que ses fils éteignaient en même temps la chandelle par son ordre. Je profitai à la hâte de cette issue favorable et je m'élançai dans les bras de ma libératrice qui me pressa tendrement sur son bon petit cœur.

En arrivant dans la loge. Anicette s'assit tout essoufflée et ne remarqua pas d'abord le pauvre doigt mutilé que je n'avais eu garde d'abandonner pendant mon algarade. Mais lorsqu'elle fut un peu remise de la violente émotion qu'elle venait d'éprouver , elle me regarda avec plus d'attention et aperçut enfin ce lambeau sanglant de chair humaine. Elle me l'arracha aussitôt de la gueule avec inquiétude et le montra à son père , qui l'examina longtemps en branlant la tête d'un air de profonde réflexion et qui le cacha finalement au fond d'un soulier afin de le dérober à tous les regards.

— Il y a quelque chose de mystérieux là-dessous , dit Tourniquet en se grattant le front comme pour en faire jaillir quelque révélation inattendue. Ah ! si Blanchette pouvait parler !

— Tu crois , mon père ?

— Eh oui , mon enfant. On ne coupe pas un joli doigt comme celui-là sans qu'il y ait pour le faire un motif bien grave. Ce n'est que dans le seul cas de maladie dangereuse et incurable , et ce doigt mignon n'en présente aucune trace. Au contraire, il est frais et encore rose, et paraît n'avoir été séparé de la main que depuis quelques heures seulement.

— Évidemment, c'est un doigt de femme, presque d'enfant, dit Anicette en l'examinant de plus près.

— Où je me trompe fort, reprit Tourniquet en replaçant le doigt dans le soulier, ou bien ceci est l'indice presque certain d'un assassinat.

— Père, tu me fais frémir avec des suppositions pareilles.

— Ah ! si Blanchette pouvait parler ! répéta de nouveau le brave portier en me passant sans plus de rancune sa grosse main sur le dos.

A cet instant on ébranla violemment la cloche d'entrée.

— Tiens, tiens, quelle bruyante arrivée ! on carrillonne comme pour une noce.... Va vite tirer le cordon, Anicette !

La jeune fille se hâta d'obéir à son père, car les nouveaux arrivants semblaient nombreux et très-pressés. Mais lorsque la porte fut grande ouverte, Anicette recula d'étonnement et presque d'effroi : une foule compacte venait d'envahir le vestibule et menaçait même de déborder dans la loge de Tourniquet qui s'avança en maugréant.

— Mille tonnerres de pétards ! Qu'est-ce que toute troupe d'ivrognes ? s'écria le malheureux portier en mettant ses lunettes pour mieux distinguer les traits de ses nocturnes visiteurs, est-ce une insurrection ?... Corbleu ! je ne croyais pas que le vent de Paris fût encore aux émeutes ! Ah ! paltoquet que je suis, si j'avais pu prévoir cela, je n'aurais certes pas ouvert et j'aurais barricadé solidement la porte. Oh ! là, là !

— Remettez-vous donc, môssieur, dit un individu en s'approchant de Tourniquet d'un air d'autorité et de protection, ceci n'est pas plus une insurrection qu'une émeute. Je suis Vernillard, commissaire de police du quartier, et j'ai là une douzaine d'agents de police qui m'accompagnent afin de me prêter main forte en cas de besoin.... Donnez-nous, s'il vous plaît, la permission de déposer dans votre loge le corps d'une jeune fille ensevelie d'hier et qui, je le crains bien, va achever de mourir ici... C'est mademoiselle Dolorès de Lombreville qui vient d'être victime d'un vol suivi d'un assassinat.

— Ah ! saprelotte ! c'est la demoiselle du premier qu'on a enterrée hier et qui n'est pas encore morte ! fit Tourniquet en s'élançant avec empressement à la rencontre de ceux qui portaient Dolorès, entrez, entrez, mes amis ! Là, sur mon lit... Bien, comme-ça... Ah ! le pauvre cher ange !... C'est la digne fille du bon Dieu, voyez-vous.... La sainte sœur des chérubins du ciel, quoi ?.... Et son père, son pauvre père, il va mourir de joie à son tour, le brave monsieur ! Mais qu'a-t-elle donc ?.... Le sang ruisselle de toutes parts sur sa robe blanche ?

— Je crois qu'elle a une blessure à la main, dit Vernillard.

— Quel est donc le rustre qui la lui a faite ?... Ah ! cardibleu ! on lui a coupé un doigt ! miséricorde, mon bon Seigneur !

— Nous avons pensé que les voleurs qui l'avaient sortie de son cercueil pour la dépouiller de ses dentelles, lui avait également arraché le doigt pour s'emparer probablement de quelque bague précieuse....

— Ah ! les scélérats !.... La frayeur a donc ressuscité cette chère demoiselle ! fit le naïf Tourniquet.

Ah ! ben oui, ressuscité !.... dit un agent de police, c'est tout bonnement qu'elle n'était pas achevée de périr.

— Ma pauvre Pétronille, que ne t'ai-je mis des dentelles ! soupira Tourniquet, les voleurs t'auraient peut-être fait revenir.

— Ce qu'il y a de singulier dans tout cela, c'est que, malgré nos recherches, nous n'avons pu retrouver le doigt de la pauvre jeune fille.

— Oh ! mille-z-yeux ! un doigt de moins !.... C'est cela, repliqua le portier en se souvenant tout-à-coup, oh : là, là, quelle aventure extraordinaire ! Et le voilà, le malheureux petit doigt !

Force fut alors de raconter comment cette preuve révélatrice se trouvait en possession de Tourniquet.

— Anicette, mon enfant, dit celui-ci quand il eut

raconté mon histoire, court vite appeler mademoiselle Charlotte... qu'on avertisse au plus tôt monsieur de Lombreville... avec des précautions... c'est si inattendu... et moi, pendant ce temps, je vais panser la pauvre petite. Que l'un de vous aille chercher un médecin, au nom de Dieu !

Tourniquet était plein d'humanité, de bon sens et de présence d'esprit, il en donna les preuves dans cette pénible rencontre. Quand la blessure douloureuse fut bien et dûment enveloppée de linges, et qu'on eût fait respirer des sels à la pauvre jeune fille, celle-ci ouvrit languissamment les yeux, reconnut son père et s'évanouit de nouveau. C'était bon signe, mais cette main mutilée... cette souffrance horrible... à quoi donc les fallait-il attribuer ?... Qui devait-on incriminer ?... Qui devait-on punir de cette affreuse cruauté, de ce sacrilége sans nom ?... Tourniquet avait bien raison : Ah ! si j'avais pu parler !

Pendant que les hommes de police débattaient entre eux cette question douteuse et fort délicate, pendant que le père et la fille se prodiguaient des témoignages de tendresse, le père d'Anicette qui observait mon regard fixe et inquiet depuis quelques instants, dit tout-à-coup aux assistants, d'une voix émue :

— Voulez-vous bien que je vous désigne les assassins de mademoiselle de Lombreville ?

— Eh ! quoi, les connaîtriez-vous ? lui demanda-t-on de toutes parts.

— Si je les connais ?... Tenez, ils sont même dans la maison !...

— Que dites-vous là, mon ami ? dit monsieur de Lombreville avec surprise.

— Monsieur, je ne dis que la vérité.

— Mais parlez donc ? s'écria impatiemment mademoiselle Charlotte.

— Eh bien ! c'est quelqu'un de la famille Gargamêche.

— Bah ! pas possible ! répliqua la femme de chambre toute ahurie.

— Allez d'abord les chercher et je me charge tout seul de les confondre.

La voix de Tourniquet était si ferme et si sûre en prononçant cette terrible accusation que les hommes de police s'empressèrent d'obéir à l'ordre qu'il venait de leur donner. Ils gravirent en silence les hauts escaliers et redescendirent bientôt suivis de tous les habitants de la mansarde. La loquetière disait sa prière accoutumée, de son air le plus hypocrite, mais sa voix tremblottante trahissait une violente émotion. Le vieux Gargamêche, dont les jambes flageolaient comme celles d'un homme ivre, marchait à côté de sa femme d'un air profondément consterné. Quant à Aigre-Museau et à Canillon, ils regardaient tout le monde avec un étonnement très-bien joué et demandaient tranquillement à remonter chez eux pour se rendormir.

— Il ne s'agit pas de sommeil pour le quart d'heure, lui dit brusquement, monsieur le commissaire de police Vernillard, mais bien de nous dire si vous reconnaissez cette jeune demoiselle dont vous avez violé la tombe dans la soirée ?

— Ah ! par exemple ! s'écrièrent d'un air très-offensé, Canillon et Aigre-Museau.

Mais l'émotion toujours croissante du vieux Gargamêche les trahissait malgré eux.

— Et ce pauvre petit doigt tout sanglant encore, ne l'avez-vous jamais vu également ? dit Tourniquet indigné à la vue de tant d'audace, et en mettant cette preuve accablante sous les yeux du vieillard qui faillit s'évanouir aussitôt de saisissement et de terreur.

— Ah ! mon Dieu ! c'est le doigt de mon enfant !... Le doigt de Dolorès !... exclama monsieur de Lombreville dont la tête se perdait de douleur et de désespoir, comment donc se fait-il ?

Alors Tourniquet commença à raconter comment la vieille Gargamêche avait obtenu Blanchette de sa fille, et comment après deux heures environ de séjour dans la mansarde des accusés, j'en étais descendue dans les bras d'Anicette et tenant entre les dents cette marque dénonciatrice. Ce récit singulier et presque merveilleux stupéfia tout le monde ; on demanda aussitôt à me voir avec un empressement sans égal et on ne manqua pas d'admirer les décrets de la Providence qui s'était servie d'une pauvre petite bête comme moi pour découvrir le tissu épouvantable de forfaits sans nombre , dont l'innocente Dolorès avait été la dernière victime. Monsieur de Lombreville, plein de reconnaissance pour moi, souhaita de m'avoir en sa possession ; Anicette me déposa aussitôt dans ses bras avec une sorte de solennité qui ne me déplut pas. Le père de Dolorès me trouva excessivement gentille ; il loua la finesse de mon poil et l'éclat de mes yeux qui, disait-il, scintillaient comme de véritables escarboucles. Quel chat à ma place n'eût pas été énorgueilli par tant d'éloges flatteurs et enivrants ? Quant à moi, je vous assure que mon cœur — les bêtes en ont un, croyez-moi — s'épanouissait d'aise et de bonheur. Mais, que devins-je ; lorsque monsieur de Lombreville approcha affectueusement ma jolie tête de ses lèvres et déposa sur mon jeune front un doux baiser reconnaissant et presque paternel !

Dès ce moment fortuné mon sort changea de nouveau et je fus déclarée d'une voix unanime la propriété de la famille de Lombreville.

VII

QUI CONTIENT L'HISTOIRE D'UN CHAT MÉLOMANE.

L'accident qui avait causé la mort apparente de Dolorès n'avait été que passager et s'était promptement évanoui sans laisser la moindre trace chez la jeune fille. Mais la douloureuse blessure que les brigands du cimetière lui avaient si méchamment faite fut beaucoup plus longue à guérir. Cependant cette mutilation désagréable se cicatrisa peu à peu, et mademoiselle de Lombreville bien morte et dûment enterrée se trouva quitte de cette lugubre cérémonie par la perte de l'annulaire de la main gauche, tout juste le doigt destiné à recevoir l'anneau nuptial. Mais quelle est la coquette qui ne ferait pas sans hésiter le sacrifice du plus joli de ses doigts pour conserver l'existence?

Inutile de vous dire que je continuai d'être l'inséparable amie, — passez-moi le mot, — de la bonne et indulgente Dolorès qui me prodiguait sans cesse et bonbons et caresses. D'un autre côté, j'étais choyée, adulée par monsieur de Lombreville, parfaitement soignée par tous les domestiques de la maison qui professaient pour moi une vénération superstitieuse. — Je voyais tout cela du coin de l'œil, sans avoir l'air d'y toucher. — Anicette qui m'avait rendu son affection, venait me faire tous les jours de longues et fréquentes visites; elle amenait fort souvent ma mère Grisonne à laquelle j'étais toujours très-attachée; mon frère Noirot l'accompagnait quelquefois, et comme j'avais cessé d'être jalouse, vu qu'il était sevré depuis assez longtemps, je recevais ses visites avec une satisfaction et un empressement tout fraternels.

Je me rappelle qu'un soir monsieur de Lombreville, en rentrant d'une séance du tribunal criminel (il était juge), nous trouva ainsi réunis autour du foyer: Dolorès, Anicette, ma mère, Noirot et moi.

— Voilà une société vraiment charmante, dit-il en souriant.

— Il ne manquait que toi, petit père, répondit la jolie Dolorès sans l'ombre de malice.

— Bon! m'y voilà maintenant, dit le juge en s'asseyant dans un fauteuil auprès de sa fille, comment se porte mademoiselle Blanchette?

— Parfaitement, cher père... Qu'as-tu donc à rire comme cela?

— C'est le bonheur que j'éprouve de te voir là, ma bien-aimée, et puis le coup-d'œil que j'ai eu en entrant m'a rappelé une histoire.

— Ah! une histoire, quel bonheur!

— Oui, ma chérie, une histoire de chat, qui plus est.

— Tant mieux, tu vas nous la raconter, n'est-ce pas ?

— Je le veux bien, mais je t'avertis qu'il s'agit d'une minette dont je n'ai jamais su le nom.

— C'est égal... dis toujours.

— Eh bien ! il y avait, il y a quelque trente ans, une demoiselle très-riche qui possédait un chat superbe qu'elle aimait au-dessus de toutes expressions.

— Il lui avait peut-être rendu un grand service, observa Dolorès en me caressant doucement avec sa pauvre main mutilée.

— Bayle qui raconte le fait ne spécifie rien de semblable.

— C'est donc vraiment un récit historique que tu nous fais-là ?

— Entièrement.

— Ah ! quelle joie ! poursuis, de grâce.

— Cependant, continua monsieur de Lombreville, je me suis peut-être trop avancé en disant que mademoiselle Dupuy (c'était son nom) n'avait reçu aucun service de son chat. Mais comme c'était tout uniment un bienfait intellectuel et peut-être même imaginaire, je n'y avais pas d'abord pensé. Figurez-vous donc, mes enfants, qu'elle croyait devoir le talent musical qui la distinguait à son chat.

— Voilà qui est bien singulier, dit Anicette.

— En avait-elle quelque preuve ? demanda Dolorès.

— Oui... cela vous étonne?.. En effet, cela paraissait très-surprenant. Ainsi cette demoiselle Dupuy qui jouait de la harpe d'une manière fort remarquable, assurait gravement que c'était dans les yeux vifs et fort spirituels de son chat qu'elle puisait ordinairement ses meilleures inspirations.

— Quelle idée bizarre !

— Et ce qui la confirmait, ajoutait-elle, dans cette croyance, c'était que chaque fois qu'il lui arrivait de préluder sur sa harpe, ce chat extraordinaire venait s'asseoir gravement devant elle sur un coussin de velours qui lui était destiné. Une fois-là, bien établi devant sa maîtresse, dans la pose sérieuse et réfléchie d'un amateur et presque d'un juge, il écoutait jusqu'au bout les plus longs morceaux de musique avec une attention soutenue; il donnait même des marques non équivoques d'intérêt, voire même d'attendrissement à certains passages qui étaient mieux exécutés et plus remarquables. Bien plus, c'était sur les impressions diverses qu'elle épiait en lui, que mademoiselle Dupuy jugeait du plus ou moins de précision et de sensibilité de son jeu ; en un mot, à tort ou à raison, elle ne doutait nullement qu'elle ne fût redevable à son chat de la réputation distinguée qu'elle avait, d'ailleurs, justement acquise par son talent musical.

— Ah ! papa ; si Blanchette pouvait en faire autant !

— Blanchette est encore fort jeune, dit monsieur de Lombreville en riant, qui sait ce dont elle sera capable plus tard.

— C'est bien sûr... ma petite Blanchette n'est certes pas un chat ordinaire, n'est-ce pas, Anicette ?

— Je l'ai toujours cru ainsi, mademoiselle, répondit la fille du portier en me jetant le plus doux regard.

— Au reste, elle l'a bien prouvé, ajouta le père de Dolorès avec attendrissement, mais, continua-t-il, vous ne voulez donc pas savoir la fin de mon histoire ?

— Il y a donc une fin ! s'écria la jeune fille en frappant joyeusement dans ses mains mignonnes, ah ! mon cher papa, dites-nous donc vite ce que devint ce second Lulli en habit de chat.

— Il devint tout bonnement l'héritier de mademoiselle Dupuy qui possédait une immense fortune.

— Vraiment ?... eh bien ! je ne m'attendais pas à cela.

— Je le crois bien, car c'est hors de toute vraisemblance.

— Je trouve que c'était bien imaginé, dit Anicette qui pressait Grisonne dans ses bras.

— Tu trouves ? fit Dolorès en riant aux éclats.

— Mon Dieu, oui. mademoiselle, ne vous semble-t-il pas que lorsqu'on chérit bien quelqu'un, on doit avant tout songer à lui pour l'avenir ?

— J'en conviens avec toi... Cependant tu m'avoueras que cela ne se fait guère pour un chat.

— Ah! mademoiselle! fit Anicette avec un fin sourire.

— Sans compter que cela ne se fera plus, ajouta M. de Lombreville en continuant l'idée de sa fille.

— Pourquoi donc ?

— Je m'en vais te le dire : mais reprenons le fait de plus haut. Quand M¹¹ᵉ Dupuy sentit sa fin approcher, elle manda un notaire, un tabellion, comme on disait alors, et lui dicta son testament en termes clairs et précis. Elle léguait à monsieur son chat, qui, dans ce moment si fortuné pour lui, était douillettement couché sur l'édredon de sa maîtresse agonisante, une jolie maison à la ville et une autre non-moins avantageuse à la campagne, avec un revenu suffisant pour lui rendre la vie heureuse et agréable. Puis, afin d'être plus sûre que l'on respecterait après sa mort ses dernières volontés, elle fit d'autres legs très-considérables à plusieurs personnes de qualité et de grand mérite, sous la condition expresse qu'elles veilleraient avec zèle et assiduité à ce que la clause principale de son testament fût fidèlement exécutée. Elle poussa même la sollicitude, je dirais même l'indiscrétion, jusqu'à imposer à ces personnages l'obligation stricte et dérisoire d'aller visiter son chat plusieurs fois par semaine. Moncrif, qui cite également cette singulière anecdote dans son livre sur les chats, dit que ce testament insolite fut violemment attaqué par les héritiers naturels de la demoiselle Dupuy, lesquels avaient tous été évincés au profit du favori de la vieille fille. Les avocats les plus célèbres s'emparèrent de cette cause sans exemple et écrivirent pour et contre sa validité. Cependant il paraît certain qu'en définitive la cour suprême considéra avec grande raison l'excentricité de cet acte comme très-voisin de la folie et que ce risible testament fut complètement annulé.

— Et que devint le pauvre animal? demanda Anicette.

— On ne fait aucune mention de l'infortuné quadrupède, répondit M. de Lombreville, mais tout porte à croire qu'on eut pour lui quelques égards et qu'on ne le traita pas en chat ordinaire.

— C'était bien le moins qu'on pût faire pour lui, dit la charmante Dolorès en me donnant le baiser du soir; car M⁰ Charlotte venait l'avertir qu'il était l'heure d'aller au lit. Ils se rencontrèrent à la porte avec le bonhomme Tourniquet qui venait chercher sa fille. Il salua profondément M. de Lombreville qui lui fit un signe mystérieux pour l'engager à s'asseoir.

— Je me trouve dans un grand embarras, mon cher Tourniquet, lui dit le père de Dolorès lorsque celle-ci eût suivi sa femme de chambre.

— Vous m'inquiétez, monsieur, reprit le brave portier avec un empressement qui laissait deviner une affection sincère.

— Figurez-vous, mon pauvre ami, qu'il faut que ma fille qui a été déjà si cruellement éprouvée. paraisse demain devant le tribunal comme témoin principal dans le procès de ces affreux Gargamêche.

Ah ! je comprends votre anxiété, monsieur, dit Tourniquet en poussant un énorme soupir.

— Je crains que le souvenir funeste de cette malheureuse nuit, évoqué même en présence de ses barbares auteurs, ne cause à mon enfant un mal irréparable.

— Je le crains bien aussi, soupira de nouveau Tourniquet qui dans sa douleur ne trouvait aucun mot pour donner un conseil au pauvre père.

— Si M. de Lombreville le juge convenable, dit Anicette avec ce tact délicat qu'elle tenait de sa mère, je pourrais accompagner M⁰ Dolorès au tribunal et je m'efforcerais en même temps de la distraire des souvenirs lugubres qui ne manqueront probablement pas de l'y assaillir.

— Anicette . vous êtes un petit ange... Ainsi vous surveillerez bien ma fille...

— Soyez tranquille , monsieur.

— Et même , si vous le vouliez , nous pourrions emmener Blanchette avec nous.

— Certainement , d'autant plus que sa présence est

également nécessaire... Mes confrères lui ayant fait l'extrême honneur de la regarder comme une importante pièce de conviction, ajouta tristement monsieur de Lombreville.

— Ah ! c'est charmant ! Blanchette siégera donc au banc des témoins ! Cela sera une chose remarquable et tout-à-fait unique dans son genre.

— Votre Anicette est vraiment fort obligeante, Tourniquet ; elle vient de me proposer une chose que je n'osais réellement pas lui demander.

—Comment, mon bon monsieur... Mais nous sommes, vous le savez bien, tout à votre service.

— Merci, mon vieil ami : j'accepte de grand cœur... Anicette, mon enfant, à plus tard la reconnaissance.

Le lendemain, en effet, nous nous rendîmes, moi troisième, aux cours d'assises dans l'équipage fringant de M. Lombreville. Dolorès, agréablement distraite par l'aimable causerie d'Anicette et par les tendres caresses que je lui prodiguais, n'éprouva qu'un léger saisissement bien vite dissipé en paraissant dans cette enceinte redoutable. Les questions que l'on adressa à mademoiselle de Lombreville furent courtes et discrètes ; cet interrogatoire que l'on enregistra avec soin, fut conforme aux recommandations suppliantes de M. de Lombreville qui tremblait pour son enfant. L'exquise sensibilité de la pauvre jeune fille, qui avait été encore grandement stimulée par l'accident affreux de cette mort apparente, ne reçut aucune secousse de cette nouvelle épreuve, grâce aux précautions dont on entoura l'intéressante Dolorès.

Quant aux coupables dont les mains criminelles étaient liées par de fortes chaînes et qui étaient entourés de gendarmes à la mine refrognée, on fut sans pitié pour eux. Madame Gargamêche et ses deux fils nièrent tout avec une effronterie inconcevable, mais le père avoua franchement ses forfaits, malgré les récriminations menaçantes et furibondes de ses complices. Il dit en gémissant qu'il avait déjà été condamné et renfermé au bagne de Toulon l'espace de cinq ans, et que pendant ce temps la Providence avait permis que l'on y donnât une mission à laquelle il avait participé dans toute la bonne foi et la simplicité de son âme. Depuis cet instant régénérateur, ajouta-t-il, il avait connu l'aiguillon du remords et l'amertume du crime. Ensuite, il déplora en versant des larmes sincères le peu de consistance de son caractère qui était naturellement faible et irrésolu et qui, tout en préférant le bien au mal, ne s'était incliné que vers le mal. Il s'offrit à ses juges en victime expiatoire pour le salut de ses fils auxquels il n'avait jamais eu l'énergie d'infliger une correction sévère lorsqu'ils manquaient à leurs devoirs, et il finit en disant qu'il était de toute justice qu'il portât la punition de leurs crimes puisqu'il avait eu le tort irréparable de ne leur donner que de mauvais exemples.

Après cela on nous fit retirer et nous apprîmes quelques jours plus tard, que les malfaiteurs, convaincus d'une infinité de meurtres, avaient été tous condamnés à mort et exécutés. Il paraît que le bon aumônier de la prison n'eut la consolation de réconcilier avec le Ciel que le seul Gargamêche, qui était mort plein de repentir et animé de la plus vive reconnaissance pour le Dieu si bon qui, nonobstant ses nombreux méfaits, lui avait accordé une si complète miséricorde.

VIII

PAUVRES ENFANTS SANS MÈRE !

C'était le jour de l'an.

— La jolie chose que les étrennes ! disait Dolorès en admirant les charmantes frivolités que son père lui avait données.

— Oh ! çà, c'est vrai, répondit mademoiselle Charlotte dans la main de laquelle reluisait encore une belle pièce d'or.

— Partons-nous maintenant pour la messe ? demanda la jeune fille.

— Oui, mademoiselle…. Ah ! mon Dieu !

— Quoi donc ? dit Dolorès.

— J'oubliais une chose.... Il y a tout-à-l'heure deux mois que vous avez dix-sept ans ?

— Oui, mais pour quelle raison me dis-tu cela ?

— Parce que vous allez être bientôt d'âge à marier.

— Quelle folie ! Tu sais bien, Charlotte, que je ne veux pas quitter mon bon père qui n'a que moi seule pour l'aimer.

— Vous me l'avez répété assez souvent... Cependant il y a moyen de tout arranger quand on veut.

— Comment cela ?

— Si en vous mariant vous ne quittiez pas monsieur de Lombreville... Hein ! quelle idée !

— Bah ! je ne veux pas me marier, répéta Dolorès en secouant impatiemment sa jolie tête blonde.

— Histoire que tout ça !

— Mais enfin, quel rapport a donc mon futur mariage avec le jour de l'an ?

— Voici.... C'est un usage de la Bretagne que je veux vous apprendre... Vous savez, mademoiselle, que je suis bretonne ?

— Vous êtes assez entêtée pour ça.... dit Dolorès en riant, eh bien. après ?

— Vous savez, mademoiselle, que les jeunes filles de mon pays sont très-aumônieuses le premier de Janvier, car tout le monde sait chez nous que les bonnes œuvres faites ce jour-là attirent plus particulièrement les bénédictions sur leur mariage à venir. Elles ont soin surtout de s'informer du nom que porte le pauvre à qui elles ont donné leur première aumône, parce que ce nom-là sera celui de l'époux que la Providence leur a destiné.

En entendant Charlotte dire cela d'un air très-sérieux le bon sens naturel de la jeune fille fut plus fort que la crédulité, et elle éclata franchement de rire.

— Vous riez, mademoiselle ? dit la femme de chambre blessée outre mesure, je vous assure cependant que ce n'est pas risible du tout.

— Tu crois ?

— Tenez, cela est tellement vrai, qu'une sœur à ma mère ayant eu la curiosité de tenter l'épreuve du jour de l'an, s'en moqua ensuite. et n'en tint aucun compte. Elle devait être la femme d'un Etienne, elle devint par sa volonté celle d'un Guillaume ; eh bien ! mademoiselle, devinez , si cela vous est possible , l'affeux malheur qui lui arriva ?

— Son mari mourut peut-être.

— Ah ! bien ouit.... Figurez-vous que ce Guillaume la tua....

Cette fois-ci Dolorès était devenue sérieuse.

— Oh ! quelle horrible chose !... soupira-t-elle.

Mademoiselle Charlotte. très-satisfaite de l'effet qu'elle venait de produire sur l'esprit impressionnable de la jeune fille, s'occupa alors d'agrafer son manteau , de lui donner son manchon , car l'heure de la messe était déjà presque passée.

Pauvres enfants sans mère !

Le front si serein de Dolorès s'était rembruni.

— Malgré cela , me conseilles-tu de tenter l'épreuve aujourd'hui même ? demanda-t-elle en hésitant un peu à sa femme de chambre.

— Mais très-certainement , mademoiselle, et ce n'est que pour cela que je vous ai parlé.

— Cependant si cette curiosité indiscrète allait m'attirer quelque malheur , répliqua mademoiselle de Lombreville dont la voix tremblait.

— C'est impossible , car vous ne serez pas aussi maladroite que ma pauvre tante.

— Oh ! bien sûr , dit la jeune fille en s'efforçant de sourire.

En effet , un demi-quart d'heure environ après cette causerie. Dolorès descendait de voiture devant le parvis de Saint-Eustache, qui était déjà littéralement encombré par une foule de malheureux qui tendaient aux passants leurs mains avides, en faisant retentir les échos de leurs supplications lamentables. Mademoiselle de Lombreville sortit alors sa bourse de son manchon d'hermine avec un léger frisson de peur et en tira une grosse pièce blanche, qu'elle déposa vivement dans le chapeau d'un mendiant auquel il manquait une main et qui se tenait à l'écart comme peu habitué à mendier : cette similitude d'infirmité avec la sienne propre et cette timidité extraordinaire dans un mendiant d'église, lui avaient plus particulièrement touché le cœur. Le mendiant, étonné à la vue de cette aumône, releva vers la jeune fille ses yeux mouillés de larmes et lui dit d'une voix émue :

— C'est la première aumône que je reçois en public... que votre jolie main, ma bonne demoiselle, porte bonheur au pauvre vieillard !

— Dites-moi vite votre nom ? lui dit Dolorès en se hâtant.

— Charles Lhéros, répondit le pauvre diable fort surpris.

— Charles... Charles... murmura la jeune fille, il paraît décidément qu'il se nommera Charles.

— Comment se nommait votre pauvre, mademoiselle ? demanda la curieuse femme de chambre qui était un peu restée en arrière et n'avait rien entendu.

— Tais-toi... dit Dolorès un peu impatientée et avec la conscience moins tranquille, tais-toi... puisque nous voilà dans l'église.

Mademoiselle de Lombreville avait des sentiments chrétiens et même pieux ; son âme candide et pure aurait recueilli avec une sainte avidité les bons enseignements et les religieux exemples d'une mère ou d'une gouvernante prudente et sage, mais elle avait perdu sa mère dans un âge encore bien tendre, et l'institutrice anglaise qui l'avait remplacée avantageusement, était rentrée dans sa famille peu de jours avant l'accident qui avait failli coûter la vie à la jeune fille. Après les émotions inséparables d'une pareille catastrophe, monsieur de Lombreville avait reculé devant la nécessité de faire continuer ses études à Dolorès ; la Faculté avait menacé et la sollicitude paternelle avait fait le reste. Mais ce père trop imprudent aurait dû cependant prévoir que la société habituelle de mademoiselle Charlotte pouvait et devait être un danger inévitable et perpétuel, pour une jeune fille impressionnable et inexpérimentée comme l'était la naïve enfant dont nous parlons.

Puis, il arriva, quelque temps après, qu'un jeune fashionnable se présenta pour demander la main de mademoiselle de Lombreville ; c'était le fils unique d'un ancien marchand de bonnets de coton enrichi. Malheureusement il se nomma Charles comme le mendiant du jour de l'an, et malgré le peu de sonorité de son nom de famille, qui était Piquepuce, il ne tarda pas à entrer très-avant dans les bonnes grâces de la folle enfant et d'avoir toutes ses sympathies. Monsieur de Lombreville eut beau dire que la personne de monsieur Charles Piquepuce lui était particulièrement désagréable, son nom roturier et l'état de son père fort déplaisants pour sa fierté, et que le caractère même du jeune homme ne lui convenait sous aucun rapport, Dolorès était sous le charme trompeur d'une séduisante illusion.

Notez bien que monsieur de Lombreville avait parfaitement raison. Ce Charles Piquepuce était hautain comme un parvenu, son esprit léger et superficiel ne s'était jamais soumis à aucune étude sérieuse, et il avait enfin tous les défauts d'un enfant adulé mal-à-propos par une mère imprudente et sans prévoyance. Il n'avait pour tous mérites qu'une fort jolie figure dont il était très-amoureux, et une mise excentrique et de fort mauvais goût dans son luxe, et qui était pour lui une source inépuisable de dépenses et de ruine.

Malgré tout ce que les personnes sensées de son entourage purent lui dire pour la détourner de cette union, Dolorès, soutenue secrètement par les malencontreuses paroles de Mlle Charlotte, affirma à son père que sa destinée était liée de toute éternité à celle de Charles et que rien au monde ne la ferait changer de sentiment ; enfin, après quelques mois passés en discussions et en pourparlers, Mlle de Lombreville devint, à sa grande joie, Mme Piquepuce. Le jour de la cérémonie nuptiale qui se célébra avec une pompe extraordinaire, le père de Dolorès qui prévoyait l'avenir pleura de chagrin, en déplorant avec amertume le singulier entêtement de sa fille bien-aimée, tandis que celle-ci, belle et resplendissante, et toute aux plaisirs du moment, se laissait énivrer par

par les louanges et le luxe princier dont elle était entourée. — Avis aux parents imprévoyants et qui ne cherchent pas à entourer leurs enfants de personnes prudentes et sages.

Inutile de vous dire que j'avais été un peu oubliée au milieu de tout ce tracas de noce ; cependant Dolorès avait de temps en temps la délicate générosité de chercher à me dédommager de cet inconvénient en redoublant de tendres et prévenantes attentions. Mais j'avais la discrétion de ne pas être trop exigeante et je comprenais fort bien que le cœur de ma jeune maîtresse était désormais trop plein pour qu'il me fût encore possible d'y occuper l'avantageuse place que j'y avais eue dans des jours plus heureux et passés, hélas ! sans retour. Je me contentais donc d'être l'inséparable compagne de Dolorès auprès de laquelle mon coussin de velours était toujours placé, et pendant ses fréquentes absences j'étais heureuse de baiser la place toute chaude qu'elle venait d'abandonner.

Dans ces entrefaites, j'avais appris à griffonner avec ma patte des mots incorrects d'abord, mais que l'habitude d'écrire rectifia peu à peu. C'est de cette époque que date le commencement de mes mémoires.

IX

OU L'ON VOIT L'IMMENSE POUVOIR DE L'OR.

La belle-mère de mademoiselle de Lombreville avait été femme de charge et quelque peu cuisinière dans une riche famille, et elle avait apporté en dot à Mathurin Piquepuce quelques centaines d'écus qu'elle avait ramassés à grand'peine en faisant danser l'anse du panier. Mathurin, de son côté, étant premier commis chez un certain monsieur Fourreau, avait arrondi une jolie bourse, tandis que son malheureux patron faisait une faillite qui ne prouvait en aucune façon la probité de son premier commis. Mais quand les écritures sont bien en règle, quel est l'homme assez maladroit qui pourrait se poser en accusateur ? Monsieur Piquepuce, à l'aide de de quelques ficelles bien tendues et dont le secret fatal n'était connu que de lui seul, parvint donc à se glisser au lieu et place de ce bon monsieur Fourreau qui n'y vit que du feu. Et là où son malheureux prédécesseur s'était ruiné, il fit en peu d'années une fortune de deux millions.

C'était donc dans le sein de cette famille que la charmante Dolorès venait d'entrer. Les parvenus en général, ceux qui sont partis de très-bas pour arriver ascensionnellement très-haut, sont pour la plupart remplis d'une orgueilleuse satisfaction qui éclate parfois d'une manière fort grotesque dans toutes leurs manières. A part quelgues natures d'élite que le cliquetis de l'or n'a pu enivrer, le critique satirique et railleur trouve dans ce recoin social ample matière à s'amuser aux dépens d'autrui. Or, la famille Piquepuce avait payé un large tribut à l'outrecuidance déplacée qui distingue l'homme enrichi de l'homme riche, et tous ses membres auraient prêté fort souvent à rire à une personne moins aimante que Dolorès. Mais la pauvre jeune femme qui chérissait véritablement son mari, souffrait des sottises de ses parents comme s'ils eussent été les siens propres, et tout le monde sait que lorsqu'on souffre on n'a guère envie de rire.

La mère de Charles était restée, comme par le passé, une femme grossière, mal élevée et dont les fautes de français était le plus léger inconvénient que l'on eût à redouter dans sa compagnie.

Un jour, elle dit à sa belle-fille :

— Seriez-vous contente que nous *allâmes* au bois de Boulogne ?

Et comme Dolorès la regardait avec anxiété en cherchant à pénétrer le sens douteux de la proposition qui venait de lui être faite, elle ajouta en riant de ce gros rire de halle qui déchire désagréablement les oreilles :

—On me chante tous les jours que vous êtes gracieuse, que vous êtes jolie... Eh bien, ma chère belle fille, moi je vous *trouvâmes* un peu bécasse, soit dit en passant... Ah ! ah ! ah ! Ainsi, dans votre intérêt bien entendu, je vous *conseillâmes* de bien manger de la pitance, corbleu ! afin d'engraisser un peu et de me ressembler un tantinet ; cela ne manquerait pas de vous embellir, vous *pouvâtes* m'en croire.

Comme on ne pense jamais à tout, j'avais oublié de vous dire que madame Mathurin Piquepuce avait la rotondité respectable que les narrateurs de voyage s'accordent à attribuer au fameux chêne d'Allouville que quatre personnes ne peuvent embrasser.

Une autre fois, la vieille matronne me trouva sur les genoux de Dolorès qui me prodiguait, selon sa coutume, les plus tendres caresses.

— Ah ! saprelotte ! la vilaine bête que vous avez-là, ma belle-fille ! lui dit-elle en me jetant un affreux regard; elle remplit vos fauteuils de velours de son sale poil blanchâtre, et tache toutes vos robes. Tenez, si vous m'en *croyâtes*, nous le vendrions à notre marchand d'allumettes il nous en donnerait bien dix sous.

— Vous l'estimez bien peu, ma pauvre Blanchette, répondit la jeune femme, dont la douce voix était altérée par l'indignation.

— Et combien donc en *demanderiâmes*-vous ? dit alors la méchante mégère en se rapprochant sournoisement de sa bru.

— Je ne donnerai pas Blanchette pour tout l'or du monde, répliqua celle-ci qui m'entourait de ses bras charmants comme pour m'en faire un abri.

—Au fait, je ne l'ai jamais bien regardée, dit la vieille hypocrite en me touchant, voyons si sa robe est aussi fine et aussi veloutée que vous le *disâtes*... Oh ! vraiment elle est magnifique ! On pourrait en tirer avec ampleur l'étoffe d'un beau manch... Aïe, cré nom ! Aïe, aïe, scélérate, va !

— Qu'avez-vous donc, madame? demanda Dolorès très-effrayée.

— C'est votre coquine de chatte qui vient de me labourer la peau de la main, ni *pus* ni moins qu'une terre à blé... sorcière, va, il faut que je te tue!...

En disant ces mots, madame Mathurin Piquepuce s'élança vers moi pour me saisir. Mais, psit! je glissai comme une anguille de ses grosses mains et j'allai prudemment me blottir en silence dans un coin obscur où elle n'eut pas l'adresse de venir me chercher.

Dolorès, bien contrariée de cette scène, voulut visiter elle-même la blessure de sa belle-mère, qui accueillit ses soins empressés et ses excuses filiales avec un véritable torrent d'invectives de toutes sortes, prises dans tous les argots et que je me donnerais bien garde de traduire ici. La jeune femme s'aperçut alors que ce n'était qu'une fort légère égratignure que je lui avais faite en échange d'une violente strangulation qu'elle avait voulu traîtreusement m'infliger.

Depuis ce jour néfaste, je comptai dans le monde une ennemie déclarée qui ne prenait même plus la peine de cacher sa haine invétérée. J'avais à craindre à tout instant les machinations les plus adroites et en même temps les plus ténébreuses. Un morceau friand. Mais couvert d'arsénic, me fut offert plusieurs fois, mais savant contre fin ne vaut rien pour doublure! Il m'était arrivé en maintes occasions de feuilleter des livres de chimie dans la bibliothèque de M. de Lombreville, et je connaissais parfaitement l'odeur alliacée de l'arsénic. Des souricières perfides, des guet-à-pens sans nombre me furent tendus; mais, grâce à la surveillance assidue et presque maternelle de mon excellente maîtresse, je sortis saine et sauve de tous ces dangers divers, qui, pourtant, paraissaient menacer ma chétive existence de la façon la plus imminente.

La douceur angélique et la patience inaltérable que Dolorès avait opposées, dans les commencements de son mariage, aux manières révoltantes de ses nouveaux parents furent cause que ceux-ci, enhardis par son mutisme prudent et par sa trop indulgente faiblesse, finirent par la regarder comme un être tout-à-fait nul et dépourvu de toute espèce d'initiative; bien entendu qu'on n'avait jamais tenu aucun compte de ses timides remontrances. Charles lui-même, qui s'était d'abord montré plein d'affection et d'égards pour sa jeune femme, jeta enfin le masque de tendresse qu'il avait gardé jusque-là, et se précipita tête baissée dans le tourbillon habituel de fêtes et de plaisirs dont l'agitation lui manquait dans son paisible ménage. Hélas! de déceptions en déceptions, l'infortunée Dolorès n'eut bientôt plus d'autre consolation que de s'enfermer avec moi dans sa chambre désormais solitaire et d'y déplorer, pendant de longues heures, le malheureux entêtement qui l'avait portée à désirer une union si contraire aux vues de son père. Mais il était trop tard. Quoique la jeune femme n'eût pas eu le triste courage de briser le cœur de son père en lui dévoilant confidentiellement ses angoises conjugales, l'amour paternel de M. de Lombreville les devinait avec facilité; ne les avait-il pas prévues dans sa sollicitude? Aussi lorsque le père et la fille se trouvaient seuls en présence l'un de l'autre, il arrivait fort souvent qu'une gêne mutuelle serrait leur cœur et leur interdisait les douceurs d'une confiance réciproque.

Enfin une maladie de foie dont M. de Lombreville portait le germe depuis déjà bien longtemps, se développa tout-à-coup de la façon la plus inquiétante, et mit aussitôt sa vie en grand danger. Les médecins les plus habiles furent mandés sur-le-champ, mais leurs soins furent vains et infructueux et, au bout de vingt jours de maladie, le malheureux père expirait en bénissant Dolorès dans les bras de laquelle il rendit le dernier soupir. La douleur de la jeune femme fut immense comme sa perte et on craignit un instant pour ses jours, mais la force de la jeunesse la sauva. Et comme pour prouver la vérité de cet axiome: qu'un malheur n'arrive jamais seul, six mois après la mort de M. de Lombreville, Dolorès était veuve: M. Charles Piquepuce s'était battu en duel au sujet d'une nymphe de l'Opéra et il avait succombé.

4

— Ah! saprelotte! s'écria l'ex-marchande de bonnets de coton, en apprenant cette triste nouvelle, j'aurais préférâmes qu'il fût mort de la fièvre tifoli. — Lisez typhoïde.

X

UNE BONNE ŒUVRE N'EST JAMAIS SANS RÉCOMPENSE.

L'existence de la jeune dame Piquepuce changea alors complètement ; elle se sépara sans nul regret de la famille de son mari, qui l'avait abreuvée, pendant deux longues années, de contradictions et de peines amères. Et libre, riche et indépendante, elle prit un joli appartement, entre cour et jardin, dans un quartier retiré et calme, afin de pouvoir s'y livrer, sans contrainte et sans bruit, à la mélancolie qui s'était peu à peu emparée de son charmant caractère. Là, pour tromper le malaise douloureux de son pauvre cœur blessé, elle s'occupa activement de bonnes œuvres et d'aumônes, et réussit à recouvrer la paix, sinon le bonheur. Entourée d'une société aimable et choisie, parmi laquelle elle distingua bientôt madame Mesmin, femme d'un certain âge, d'une grande vertu et d'un mérite rare, elle voyait s'écouler sa vie dans le doux *far niente* qui s'empare presque toujours d'une âme fatiguée de lutter contre les aspérités de l'existence et qui redoute de se déchirer de nouveau aux angles de la route.

Un jour que Dolorès descendait d'une mansarde de la rue des Lavandières, où elle venait de secourir une intéressante famille de pauvres honteux, elle rencontra, dans l'étroit passage, un jeune homme d'une mine sévère et dont la figure brune et sérieuse lui imposa un certain respect involontaire. L'inconnu se rangea poliment et salua avec une courtoisie parfaite la jeune et jolie dame de charité.

Le soir même de ce jour, Dolorès, accompagnée de madame Mesmin qui était devenue son amie inséparable, alla passer quelques instants de récréation dans une maison très-recommandable où on appréciait à sa juste valeur l'ingénuité et l'aimable candeur de la jeune veuve. Ses amis avaient même remarqué que son caractère, qui était resté toujours plein d'aménité et de charme, s'était paré d'un attrait de plus en conservant de ses pertes passées une légère teinte de tristesse qui ne lui messeyait nullement.

Comme Dolorès allait à son tour se mettre au piano afin de payer à la société son tribut de chant et d'harmonie, on annonça tout-à-coup monsieur Ludovic de Posano. La jeune veuve se retourna vivement pour voir celui qui entrait et dont le nom lui était complètement inconnu. Ce fut avec une surprise extrême, qui ne fut pas dépourvue d'une secrète satisfaction, qu'elle revit le jeune homme des mansardes. Il paraît même que celui-ci l'avait également reconnue, car son regard noble et fier prit une expression de bonté infinie lorsqu'il s'arrêta sur le gracieux visage de Dolorès.

— Quel est ce monsieur de Posano? demanda la jeune veuve à madame Mesmin, sa voisine.

— C'est un espagnol proscrit, lui répondit celle-ci; les événements désastreux qui ont bouleversé l'Espagne, il n'y a pas encore longtemps, l'ont violemment séparé de son père qu'il n'a plus revu depuis six ans et qui doit être plongé dans une grande misère, car au moment de sa fuite précipitée il n'a rien pu emporter avec lui. La persuasion intime où il est que son père souffre et se désespère le porte à visiter journellement les pauvres et les malheureux, afin de découvrir dans leur nombre le père chéri qu'il a perdu et qui a sans doute changé de nom pour mieux cacher la honte imméritée de son dénûment et de sa détresse.

— Oh ! quelle triste pensée ! soupira la jeune veuve.

— Aussi m'a-t-il assuré souvent, continua l'amie de Dolorès, qu'il n'y avait de bonheur pour lui sur la terre que celui de secourir les déshérités de ce monde.

— Quel est son état ? demanda distraitement madame Piquepuce.

— Vous plaisantez, je crois; il est millionnaire! Le gouvernement espagnol, satisfait d'avoir condamné le père à l'exil, a laissé au fils l'héritage paternel.

— Le malheureux proscrit n'en a donc rien su?

— Avant sa fuite, son cerveau était un peu dérangé, et son malheureux fils pense que la misère aura parachevé l'œuvre de la folie.

— Quelle fatalité!...

— En effet... Aussi voyez comme ce pauvre Ludovic est pâle et rêveur, la pensée désolante que son père souffre loin de lui l'obsède à chaque instant et l'empêche de goûter aucun plaisir.

— Pauvre jeune homme!...

— Et puis c'est un ange de charité et de dévotion bien entendue, voyez-vous... Il remplit exactement ses devoirs de chrétien avec une force de caractère qui n'a jamais connu le respect humain. Enfin, ma chère amie, c'est un de ces rares esprits que la nature se plaît à montrer de loin en loin, comme pour nous donner une idée de la perfection en ce monde; il joint à la fervente piété du religieux l'amabilité pleine de charmes de l'homme du monde. Il est, en outre, très-galant et très-empressé auprès des femmes, même auprès des plus vieilles et des plus laides. Il est vrai qu'en Espagne nous sommes encore quelque chose.

— Et en France? dit Dolorès avec un sourire.

— En France? reprit la loquace dame Mesmin, la foi se perd et les mœurs avec elle, et dans un pays sans mœurs, la femme n'a plus de piédestal : elle devient une chose comme les esclaves, ou bien une machine que l'on peut briser impunément lorsqu'elle a accompli son œuvre.

— Mais qu'est donc devenu ce rêve d'émancipation féminine, dont le dix-neuvième siècle a bercé pendant quelque temps les cerveaux exaltés de l'époque?

— Bien loin d'étayer leurs risibles projets de rébellion, ce rêve, comme vous le nommez fort bien, n'a servi qu'à montrer à nu la faiblesse de la place. Une femme qui fume, qui porte des bottes, qui apprend à faire des

armes me fait pitié et ne m'inspire aucune peur , parce
que c'est une folle , une véritable girouette que le vent
fait tourner, et qui aurait peut-être été une mère et une
épouse dévouée si dans le principe on eût dirigé les
tendances de son cœur vers le bien et la vertu. Aux
hommes d'être hommes , aux femmes d'être femmes. Il
n'y a pas un petit mérite, croyez-moi, ma chère Dolorès,
à savoir garder sagement la place que Dieu et la nature
nous ont assignée en ce monde. et à remplir avec un zèle
constant et une généreuse plénitude les devoirs que la
religion et la société nous imposent dans les diverses
positions de la vie.

— Ah ! si mesdames Trois-Etoiles vous entendaient !...

— Elles s'apitoieraient sur mon sort ; elles diraient
que je baise mes chaînes... Tandis que je plains leur
aveuglement et que je prie Dieu tous les jours de les en
retirer. Lequel des deux camps vous paraît préférable ?

— Oh ! le vôtre, s'écria la jeune femme en serrant avec
transport la main de madame Mesmin , vous êtes la
sagesse même et je m'engage à marcher toute ma vie sous
votre étendard.

— Me voilà donc , bon gré malgré , chef de secte ?

— Oui , de la secte de Jésus-Christ ?

— A la bonne heure ! mais revenons à notre héros
(car c'en est un), quelle longue digression à propos
de lui ! Voyez quelle rigoureuse simplicité dans sa mise,
comme tout est convenable dans sa personne. Et ses
yeux comme ils sont beaux et tristes ! quelle est la
femme qui ne voudrait pas faire naître un tendre sourire
dans le velours de son regard si doux ?

Dolorès fit alors un retour involontaire dans son passé,
et compara l'époux frivole et léger dont elle portait le
nom, au type remarquable qu'elle avait devant elle. Il
est inutile de vous dire que cette comparaison ne fut
nullement à l'avantage de l'époux défunt.

— Ah ! mademoiselle Charlotte que vous m'avez fait
de mal, sans le savoir, avec vos contes bleus ! pensa
douloureusement la fille de monsieur de Lombreville, et
si le Ciel m'avait accordé le suprême bonheur d'être

mère , ce ne serait pas assurément une petite cervelle comme la vôtre que j'aurais voulu placer auprès de mes enfants !

Madame Mesmin voyant Dolorès devenue songeuse, la laissa à ses réflexions , mais entre nous , je crois qu'elle avait voulu sonder les dispositions de la jeune veuve, au profit de monsieur de Posano qui l'en avait chargée en secret.

XI.

Le lendemain, le noble proscrit se présenta chez Mme Piquepuce dont l'étonnement fut extrême à la vue de cette démarche qu'elle ne sut d'abord à quelle cause attribuer.

— Ma visite vous paraît sans doute inconvenante, dit le jeune homme en rougissant, mais mon ignorance de la plupart des usages de France sera mon excuse auprès de vous, madame. En Espagne nous avons accoutumé d'agir selon l'impulsion naturelle de notre âme, et comme on ne prend pas à tâche de nous fausser le jugement, nos démarches sont ordinairement exemptes de blâme. Je désire, madame, qu'il en soit ainsi aujourd'hui.

— Il ne m'appartient pas de juger et de condamner une cause que je ne connais pas encore, dit Dolorès avec un peu d'émotion.

— J'arrive au fait, madame ; vous êtes, m'a-t-on dit, la charité même?

— Ce sont mes amis qui ont dit cela.

— Des amis pleins de vertus et de vérité, madame, car vous n'en avez point d'autres.

— Si vous prolongez ces éloges, monsieur, je vous avertis que vous allez m'embarrasser.

— Dieu m'en garde, madame, car se serait compromettre bien maladroitement le succès de la demande que je suis venu vous faire.

— Une demande à moi ? fit Dolorès dont le cœur battit fortement.

— Peut-être n'ignorez-vous pas, madame, la peine cuisante et amère qui désole ma vie,

— Votre père ? dit aussitôt la jeune veuve avec intérêt.

— Hélas ! oui. madame.... N'est-ce pas qu'il est à tout jamais perdu pour moi ?

— Peut-être.... hasarda Dolorès tout attendrie.

— Oh ! soyez l'ange de l'espoir, dites-moi.... répétez-moi qu'un jour je reverrai mon bon, mon tendre père !

— Il me semble que le Ciel ne peut refuser cette grâce aux aumônes nombreuses que vous répandez tous les jours dans le sein des pauvres.

— Que Dieu vous entende, madame !

— Et puis, continua Dolorès véritablement subjuguée par l'ascendant irrésistible que Ludovic exerçait déjà sur elle, je vous promets de m'informer de lui partout où j'irai, dès aujourd'hui.

— Ah ! merci. madame ; vous avez bien gracieusement prévenu mon secret désir.... car c'était là le but de ma visite.

— Vraiment, dit avec ingénuité la jeune veuve dont le beau front se couvrit aussitôt d'une vive rougeur.

— Oui, madame.

— On m'a dit que vous soupçonniez monsieur votre père d'avoir changé de nom.

— C'était du moins son projet en quittant l'Espagne.

— Et quel serait son nouveau nom ? J'ai par ici la liste de mes pauvres, nous la visiterons ensemble.

— J'ignore complètement quel nom mon malheureux père a pu prendre.... A moins, toutefois, qu'il ait pris celui de ma mère. Alors il se nommerait Charles Lhéros.

— Charles Lhéros ! s'écria Dolorès en se relevant avec une vivacité singulière.

Mais la pauvre jeune femme devint aussitôt pâle comme un lys ; elle retomba lourdement sur son siége, ferma les yeux : elle était évanouie.

Lorsque Mme Piquepuce eut repris ses sens, elle revit auprès d'elle M. de Posano qui, tremblant, ému, la contemplait dans une muette anxiété. Il paraissait attendre impatiemment le mot de la scène surprenante qui venait d'avoir lieu entre Dolorès et lui. Alors celle-ci prit la parole et d'une voix encore mal assurée, elle raconta à Ludovic sa courte et triste histoire.

— Pauvre enfant !... malheureuse enfant !... répétait de temps en temps celui-ci.

Et quand la jeune veuve eut fini sa narration pénible et entrecoupée de larmes, M. de Posano mit un genou en terre devant elle et prenant dans les siennes les mains de Dolorès, il dit en les baisant religieusement :

— O vous qui avez fait l'aumône à mon père, je vous bénis, Madame, je suis maintenant pour tout le reste de ma vie votre serviteur dévoué.... Si vous avez besoin désormais d'un ami fidèle, d'un serviteur dévoué, souvenez-vous de moi.... Mon sang, mon existence tout entière vous appartiennent et vous pouvez en disposer comme de votre propre bien.

— Oh ! monsieur, soupira Dolorès dont les yeux étaient baignés de larmes, ce serait payer à un prix trop élevé une aumône qui, vous le voyez vous-même, m'a été personnellement bien malheureuse.

— La Providence divine est si ingénieuse et si maternelle, madame, dit Ludovic avec conviction ; elle sait parfois tirer merveilleusement le bien du mal d'une manière éclatante et inattendue.

— Que la volonté de Dieu s'accomplisse alors, répliqua la jeune femme dont les pleurs coulaient toujours, mais avec infiniment moins d'amertume.

Quant à moi, j'observais tout cela et j'écrivais sans cesse. Il y avait bien, je l'avoue, une infinité de circonstances pleines d'intérêt que je mettais sur le papier machinalement et sans les comprendre le moins du monde. Mais je m'en suis consolée depuis avec facilité en me souvenant à-propos d'avoir entendu dire à M. de Lombreville que la plupart des écrivains fameux de nos jours tenaient beaucoup de la nature imitatrice du singe et du perroquet, qui font ce qu'ils voient faire et répètent ce qu'ils ont entendu sans en pénétrer le sens. Cependant je me permettrai de dire en passant que ce manque étonnant d'intelligence n'est nullement la faute de ces pauvres auteurs qui ne peuvent élargir à volonté la capacité trop exiguë de leur entendement.

— Mais peut-être me direz-vous alors : pourquoi donc écrivent-ils?

— Pourquoi ?... Pourquoi ?... Voilà une question insolite. Souvenez-vous qu'il ne faut jamais pousser les gens au pied du mur par une question si indiscrète. Abstenez-vous surtout d'adresser une semblable demande à une pauvre petite bête comme moi qui suis tout-à-fait incapable de résoudre ces grands doutes. Instruisez-vous plutôt auprès de ceux qui... Mais, chut ! ne parlons pas si haut, ces messieurs et ces dames pourraient nous entendre et venir me dire arrogamment que ce n'est pas à un chat qu'il appartient de venir corriger les travers de ce monde.

XII

LA FIN COURONNE L'ŒUVRE.

Décidément le bonheur de monsieur de Posano devait être l'ouvrage de Dolorès . car le succès le plus complet couronna les recherches actives et continuelles de la jeune veuve. Celle-ci eut donc un jour la satisfaction intime de rencontrer dans un salle infecte d'aliénés le malheureux père de Ludovic, qui n'était malade en réalité que de chagrins , de privations et de misère. Madame Piquepuce au comble de la joie informa aussitôt madame Mesmin de la découverte précieuse qu'elle venait de faire; et les deux dames de charité firent transporter sur-le-champ avec toutes les précautions possibles Charles Lhéros. ou plutôt monsieur de Posano, dans un logement provisoire , sain et aéré . où on l'entoura aussitôt des soins assidus et affectueux qui lui manquaient depuis si longtemps.

Il s'agissait maintenant d'annoncer avec précaution cette bonne nouvelle à Ludovic. Dolorès et madame Mesmin se renvoyèrent pendant quelque temps cette tâche si douce et si attendrissante. Cependant le malade qui se remettait à vu d'œil demandait son fils continuellement ; il fallait se décider au plus tôt. Enfin il fut résolu que ce serait madame Piquepuce qui s'acquitterait de cette mission délicate. Madame Mesmin qui avait conçu de prime abord le projet d'unir sa jeune amie au noble proscrit résista tellement aux instances franches et prolongées de celle-ci, que Dolorès fut pour ainsi dire forcée d'annoncer elle-même à Ludovic que son père allait enfin lui être rendu.

Or, ce jour-là même, monsieur de Posano vint chez la jeune veuve pour lui demander, comme il le faisait depuis plusieurs mois, si ses recherches n'avaient encore eu aucun résultat. Dolorès très-émue lui répondit qu'elle avait bien entendu parler d'un homme maladif, pauvre et fier, qui cachait avec grand soin son nom et sa patrie. Au ton hésitant de la jeune femme Ludovic tressaillit.

— Oh ! c'est lui... c'est mon père ! s'écria-t-il avec transport.

— Ne vous hâtez donc pas ainsi de vous réjouir, car si l'espoir que je vous donne était trompeur, la déception serait déchirante.

— Non, madame, le cœur ne peut mentir... et dans ce moment-ci il me dit d'une manière intime et sûre que tous mes maux sont finis... Dites-moi, de grâce, le nom de la personne qui vous a parlé de cet inconnu et je cours tout de suite à sa demeure...

— Pas si vite... pas si vite. Cette dame est depuis hier partie pour sa maison de campagne.

— Et cette maison de campagne est-elle bien loin de Paris ?

— Oh ! mon Dieu ! mon Dieu ! inspirez-moi ! fit madame Piquepuce qui n'avait pas prévu ces pressantes questions.

— Dolorès, Dolorès, vous me cachez quelque chose ! dit monsieur de Posano qui, dans l'élan de son amour filial, omettait pour la première fois le titre de madame en parlant à la jeune femme.

— Eh bien ! oui, j'ai trouvé votre père ! répliqua celle-ci qui ne put garder plus longtemps cette consolante nouvelle.

— Oh ! madame, que Dieu vous en récompense !... où est-il ? que je le voie ! que je le presse sur mon cœur !

— Remettez-vous donc, et tâchez de ne pas trop l'émouvoir ; il est encore bien faible. Cachez-lui vos transports, je vous en prie.

— Cela me sera-t-il possible ?

— Il le faut, la vie et la raison de votre père en dépendent. Il sort à peine d'une longue et bien grave maladie. Sa convalescence est peu sûre encore ; joignez à cela le saisissement trop doux de revoir le fils qu'il a tant pleuré, et jugez vous-même s'il n'y a pas de quoi mourir sous tant d'émotions ?

— Ah ! plutôt mourir moi-même !

— Bien, vous allez donc suivre de point en point mes avis, ils sont sages et prudents. Madame Mesmin doit venir bientôt, elle nous prendra dans sa voiture ; il n'y a pas bien loin, c'est à un pas d'ici.

— Comment, mon père n'est pas bien loin d'ici ! Il respire le même air que celui qui me fait vivre et je ne m'empresse pas d'aller le consoler de ses malheurs en lui rendant un fils qu'il a perdu, et qu'il accuse peut-être d'oubli et d'indifférence.

— Ludovic, que sont devenues vos promesses ? Vous m'avez cependant juré, il n'y a pas encore bien longtemps, une obéissance aveugle en tout et pour tout... vous m'avez offert votre sang et votre vie, et voilà que la première fois qu'il m'arrive d'exiger une preuve de votre soumission, vous me la refusez ?

— Oh ! madame, pardonnez-moi !

— A condition qu'à l'avenir vous serez plus raisonnable.

Dans ce moment on annonça madame Mesmin et ils partirent immédiatement pour se rendre chez le père de Ludovic qui faillit, en effet, mourir de joie en pressant son fils sur son cœur.

Lorsque les premiers transports de bonheur furent un peu calmés, monsieur de Posano témoigna chaleureusement à Dolorès la reconnaissance infinie qu'il éprouvait pour elle. Ludovic, emporté alors par un irrésistible sentiment du cœur, se jeta aux pieds de son père et le pria avec instance de vouloir bien faire agréer ses vœux et son nom à la charmante veuve qui pleurait de tendresse. Il est de fait que le consentement de Dolorès ne fut pas long à obtenir et quelques jours après cette scène mémorable et touchante, la jeune veuve échangeait avec une joie sans mélange le nom roturier de Piquepuce contre le titre imposant de duchesse de Posano. L'heureuse fiancée n'imposa qu'une seule condition à son futur époux, c'était que moi, sa favorite, sa chère Blanchette, son petit sauveur, aurais mes coudées franches dans tous les appartements du somptueux hôtel qu'elle allait habiter avec sa nouvelle famille.

— Quelle attention flatteuse ?

Or, il est bon de vous dire que Ludovic a consenti avec la plus grande bienveillance à tout ce qu'on lui a demandé pour moi ; bien plus, son père et lui ont joint leurs prévenances et leurs caresses à celles de Dolorès, de telle sorte que je me trouve la plus fortunée des bêtes à poil qu'il soit au monde. — Il y en a tant d'autres !

Comme je commence maintenant à me faire vieille et et quelque peu infirme, on pousse la bonté et la condescendance jusqu'à servir la pâtée savoureuse que l'on me donne tous les jours tout à côté d'un élégant chenil de velours ponceau et or, que je ne quitte guère que pendant la nuit pour écrire à la lueur tremblante de la veilleuse de Dolorès. Que de choses charmantes je laisse dans l'ombre ! Que de pages ravissantes je pourrais écrire ! Que d'actions de grâces à la divine Providence j'omets de raconter ! car ma plume débile ne peut atteindre au sublime et, pour être véridique, il faudrait arriver là.

Madame de Posano est mère de deux aimables enfants dont les petites mains bienveillantes viennent fort souvent caresser ma blanche fourrure. Moi, je leur fais toujours patte bien douce en jouant avec eux , et cela tout franchement parce que je les aime. Quelquefois leur jolie bouchette rose s'approche gracieusement de ma pauvre vieille tête branlante et y dépose un doux baiser. Oh ! ces jours-là, voyez-vous, je m'estime plus favorisée et plus heureuse qu'une reine , car tout le monde me chérit dans la maison que j'habite , et les reines ; par le temps qui court, ne peuvent pas en dire autant.

L'aîné des enfants de Madame de Posano est un garçon nommé Fernand : c'est tout le portrait de son père, beau et bon comme lui. L'autre est une jolie fillette et répond au nom de Valencia : elle ressemble à sa mère d'une manière frappante et elle promet d'être aussi naïve et aussi ingénue qu'elle , mais heureusement que l'expérience maternelle lui servira d'égide protectrice et la préservera sûrement des dangers qui ont menacé la jeunesse de Dolorès.

J'allais m'arrêter ici, mais je me suis rappelée à-propos une petite aventure encore récente, qui s'est passée dans le salon de Madame de Posano , où je me trouvais blottie dans ce moment, et dont le récit vous intéressera sans nul doute.

Un valet de pied , vint ces jours derniers , avertir la jeune duchesse qu'une dame de charité réclamait vivement l'honneur de l'entretenir, il s'agissait d'une famille très-nécessiteuse.

— Faites entrer, dit aussitôt la bonne Dolorès.

— Madame Brulot ! annonça alors le domestique en introduisant une jeune femme vêtue avec simplicité et qui s'avança timidement vers madame de Posano.

Dolorès alla poliment au-devant d'elle , la fit asseoir près du foyer , car on était en hiver, et attendit que la nouvelle venue lui expliquât plus clairement le but de sa visite.

Madame Brulot semble faire un effort comme pour reprendre courage et surmonter sa timidité : elle apprit alors à la duchesse qui la regardait très-attentivement, qu'il s'agissait d'un malheureux ouvrier maçon qui venait de se laisser choir d'un échafaudage fort élevé et qui s'était cassé les deux jambes. La famille de ce malheureux, privée désormais pendant longtemps, peut-être même pour toujours des ressources de son travail, allait mourir de faim, de froid et de misère, si les âmes charitables auxquelles Dieu a donné du superflu ne se hâtaient de venir à leur secours.

— Voilà toujours cent francs : madame, pour commencer, s'empressa de dire la généreuse Dolorès en présentant un billet de banque à la jeune dame de charité qui lui dit d'une voix émue :

— Dieu vous le rende !

Pendant cet attendrissant récit j'avais été grandement attentive. mais à la fin , je n'y tins plus et quittant sur-le-champ le coin du tapis moëlleux où j'étais nonchalemment étendue. je m'en vins, clopin, clopant, caresser doucement madame Brulot, qui se disposait déjà à partir, et dont la voix et le charmant visage me rappelaient vivement une personne bien aimée.

— Blanchette ! ma chère Blanchette ! s'écria aussitôt la jeune dame en m'apercevant.

Et me prenant dans ses bras avec une grande affection, elle me couvrit de tendres baisers.

— Vous permettez. madame ? dit-elle enfin en s'apercevant de la surprise de madame de Posano.

— Ah ! je ne m'étais donc pas trompée!... Vous êtes la bonne , l'excellente Anicette que j'ai connue dans ma jeunesse... Aussi je cherchais dans mes souvenirs ; il me semblait vous reconnaître.

—Oui, madame, je suis Anicette... Oh ! quelle charmante rencontre !... Vous êtes donc Dolorès !

Et les deux amies s'embrassèrent étroitement.

— Et votre père, ce brave Tourniquet ? demanda enfin la duchesse.

—Hélas ! mon père est mort , madame , et moi j'ai épousé Etienne Brulot, mon cousin, qui est établi marchand drapier dans la rue du Bac. Etienne était riche et il eût pu faire un mariage très-avantageux , mais il a préféré la pauvre Anicette.

— Sans compter qu'il a très-bien fait , dit madame de

Posano, et je veux aller chez vous un de ces jours pour le féliciter sincèrement de son excellente pensée.

— Quoi, madame, vous seriez assez bonne?

— Comment donc, mais ce sera avec le plus grand plaisir.

— Et vous me permettrez de venir de temps en temps caresser cette chère Blanchette?

— Tant que vous voudrez; d'ailleurs vous avez vu qu'elle vous a reconnue avant moi.

Ainsi j'ai revu tous les amis qui m'étaient chers; ils sont dans un état satisfaisant et prospère, et m'ont, en outre, conservé un souvenir, que le temps. — ce grand destructeur, — et les vicissitudes de la vie n'ont pu altérer ni atteindre. — Ah! que l'heure de ma mort va être sereine et paisible, car je suis assurée d'avance que de douces larmes, d'affectueux regrets seront répandus sur la tombe où l'on renfermera mes cendres, et que le modeste nom de Blanchette passera à la postérité.

Nimes, typ. SOUSTELLE, boulevart St-Antoine, 9.